Le reste est facile

Sébastien Delmer

Le reste est facile

Dix mots sur le commandement

Préface de Laurent Henninger
Postface du général de corps d'armée (2S)
Michel Yakovleff

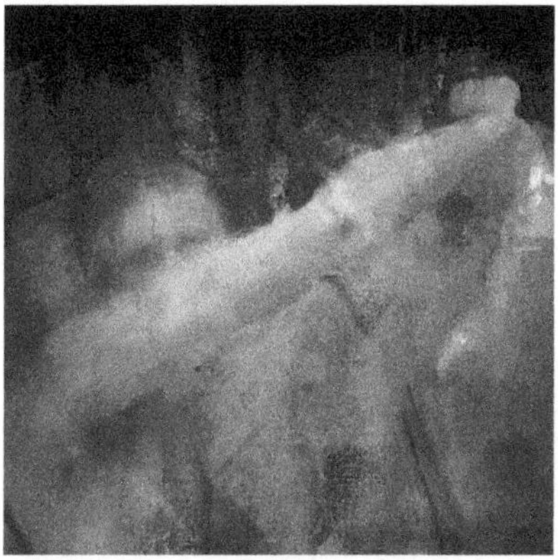

éditions de l'école de guerre

Collection
Quartier libre

Note de l'éditeur

L'École de guerre est un lieu d'étude et de réflexion où se forment les chefs de demain : ceux de la prochaine guerre de Troie, de cent, de trente ou de sept ans... Mais nos combats ne se mènent plus dans la lice, entre les palissades d'un terrain clos. Ils ne concernent pas seulement les militaires dévoués à leur pays, quelques mercenaires égarés ou les enfants perdus de tristes tropiques. Ils sont une responsabilité collective de nos démocraties. L'étude et la réflexion ne peuvent être le seul fait d'officiers développant leur pensée dans ce quadrilatère hors du temps que serait l'École militaire si elle ne s'ouvrait sur le monde.

Là réside la vocation des Éditions de l'École de guerre : susciter l'intelligence, encourager l'écriture et publier au profit de la réflexion et du dialogue de tous, civils ou militaires.

Cette maison d'édition ne diffuse pas la *doxa* officielle qui a pour s'exprimer d'autres organes. Elle ne représente pas même les doctrines de l'École de guerre. Elle souhaite simplement rendre publics des ouvrages qui, polémiques ou non, n'engagent que leurs auteurs mais contribueront à la pensée militaire, géopolitique et stratégique française.

Elle repose pour cela sur six collections :

- la collection « Champs de bataille » traite d'histoire, de géopolitique et de stratégie ;
- la collection « Ligne de front » illustre cette nécessité de « penser autrement » qui est l'un des *leitmotivs* de l'École de guerre ;
- la collection « Feux croisés » aborde des réalités et des problématiques parallèles ou au contraire divergentes ;
- la collection « Honni soit qui mal y pense » publie en langue anglaise des textes porteurs d'une certaine pensée française ;
- la collection « Citadelle » réédite des grands textes de la littérature militaire ;
- la collection « Quartier libre » est une école buissonnière dans le monde des armes ou à ses frontières.

Préface

Un homme qui aime le jazz ne peut pas être complètement mauvais. À elle seule, cette qualité vaut titre de noblesse. Mais, quand il s'agit d'un officier français du XXIe siècle, elle devient doublement intéressante. D'abord parce qu'elle n'est plus si courante. Ensuite parce que notre auteur ne se contente pas de l'aimer, il en fait une philosophie, une approche de la vie, un art d'appréhender, d'embrasser le monde avec ses joies et sa douceur, mais aussi ses soubresauts et ses rages. On ne peut donc qu'accepter son invitation à le suivre, au moins pour voir, comme on dit au poker, car on pressent qu'on entendra de lui des choses intéressantes.

Et, de fait, les réflexions qu'il nous propose ici sont riches. À tous égards. Pour commencer parce qu'elles nous emmènent dans des univers qu'on ne croise d'habitude que fort peu quand on étudie la guerre et les armées. Et c'est déjà une très bonne chose en soi ; la curiosité du monde est plus que jamais nécessaire en des temps où tout se brouille. Mais surtout parce qu'elles sont elles-mêmes porteuses d'autres réflexions qu'elles appellent sans qu'on puisse leur échapper, nous entraînant dans leur tourbillon de questions, de solutions et encore de questions. Il ne faut pas leur résister, encore moins se laisser noyer. Il convient au contraire de les chevaucher, à la manière de ce tigre dont nous parlent les sages d'Extrême-Orient.

Dans le cours de ce périple, on y prendra conscience de bien des choses qu'il faut avoir présentes à l'esprit quand on commande des hommes et des femmes au combat – ou à la préparation au combat. Car le véritable officier n'est pas un simple technicien. Non pas qu'il appartienne à une hypothétique « humanité supérieure », ou qu'il serait le seul à posséder une âme là où les autres n'en auraient pas – tous les soldats sont égaux devant la mort et la souffrance – mais parce qu'il met l'action en perspective. Il intègre la technique, la tactique, l'art militaire, bref tous les savoirs et savoir-faire qui font le professionnalisme militaire, pour les placer dans un ensemble plus vaste. Tout cela, l'auteur le fait en insistant tout particulièrement sur les temporalités, le *tempo*, le rythme, le *beat* cher aux jazzmen. Car le temps aussi doit être chevauché. On pourrait d'ailleurs suggérer à l'auteur d'y adjoindre le sens de l'espace, probablement en se penchant sur la peinture, le théâtre et le cinéma.

On aura donc compris que Sébastien Delmer nous propose une réflexion qui se situe en amont des méthodes et des techniques de commandement, puisqu'il s'agit de mettre en place des conditions mentales – et même existentielles, osons le mot – nécessaires pour apprendre et mettre en œuvre avec intelligence ces méthodes et ces techniques. Et il faut comprendre ici le mot

« intelligence » dans son sens le plus large et le plus profond tout à la fois : « avoir l'intelligence de quelque chose », « être en bonne intelligence »... Ce sont donc des « méta-connaissances », des « méta-méthodes » dont il va être question dans cet ouvrage. Bien plus, il va s'agir de forger des vertus, comme les Romains, ou comme dans les écrits de Machiavel. Une idée bien plus belle, bien plus noble et bien plus porteuse de sens que ces « valeurs » dont on nous rebat les oreilles depuis trop longtemps et qui ne sont le plus souvent que des coquilles vides – dans lesquelles on peut mettre tout et son contraire, ou même rien, tout simplement.

Ce livre épuise-t-il son sujet ? Bien sûr que non ! Mais il amorce quelque chose d'une extrême importance, et il permettra à ses lecteurs d'en faire autant. Chacun des thèmes traités ici peut prêter à débat. L'auteur a l'honnêteté de présenter ses propres vues et conceptions avec franchise et clarté. Libre à chacun de s'en emparer, de les faire fructifier, d'en prendre ce que bon lui semble, de laisser le reste, ou bien encore d'en débattre, d'en discuter, d'exposer aussi des désaccords, pourquoi pas ? Il y a là matière à de vrais débats d'officiers, de soldats, de citoyens également, bref d'hommes libres, matures et responsables qui savent la gravité des choses, mais savent aussi s'en distancier suffisamment, avec légèreté et humour. La perspective, toujours.

Laurent Henninger
Historien, chargé d'études à l'Irsem (Institut de recherche stratégique de l'école militaire), et journaliste

Avant-propos

Les ouvrages sur le commandement remplissent des bibliothèques entières. Ce sont de gros livres, appuyés sur de grands mots justes et familiers : compétence, exemplarité, investissement etc. Ces livres sont parfois traduits de l'anglais, tentant ainsi de faire oublier que les modes de pensée ne sont pas – encore – mondialisés. Ils s'appuient enfin sur l'expérience de la société civile, qui fait profession de *management* et n'engage que rarement la vie de ses *collaborateurs*.

L'époque actuelle ajoute à cela une injonction à penser *out of the box*, à s'aventurer hors des sentiers battus, à « penser autrement ». Souvent, cette injonction reste volontairement à l'état d'incantation : tout le monde sort alors des sentiers battus en file indienne, en étant aussi disruptif que son voisin.

De son côté, l'institution militaire française sait former des chefs. Elle leur apprend la responsabilité, l'obéissance, le dévouement, l'initiative, le dépassement et beaucoup d'autres choses. Pourtant, il semble qu'elle ne les considère que tardivement comme des adultes. Le chef est pourtant celui qui doit être toujours plus lui-même, s'approprier définitivement les enseignements qu'il a reçus et en faire quelque chose de neuf, naturel et adapté à ce qu'il est – et ce afin de faire grandir la troupe qu'il a l'honneur de commander pour quelque temps.

Avec justesse, on parle dans l'armée de « style de commandement » pour désigner cette marque personnelle faite de réflexion profonde et de spontanéité.

Ce livre traite du commandement, mais ne propose ni recettes ni ficelles – tout au plus quelques suggestions, nées de réflexions et surtout de nombreuses erreurs. C'est plutôt un *livre de vertus*, au sens ancien du terme, qui apporte un éclairage oblique sur une manière d'aborder la vie – car, en définitive, c'est la vie seule, et même la belle vie, qui donne du sens au métier de chef, et inversement.

Ce livre est le travail d'un officier. Il s'appuie, par construction, sur des composantes du métier des armes ou des anecdotes venues de l'histoire militaire, mais ses propositions peuvent être transposées comme des accords : les couleurs seront différentes, mais la structure ne changera pas.

Ce livre est aussi le travail d'un Français. Il s'inspire de la culture classique occidentale et, occasionnellement, de certaines caractéristiques nationales, mais ne s'interdit aucun détour, ni par le Japon ni par le jazz – entre autres.

Il s'adresse à tous ceux qui commandent et qui pensent ; à tous ceux qui aiment lire, d'où qu'ils viennent ; à ceux pour qui les mots sont des clés, des leviers ou des épées – mais sûrement pas de simples concepts.

Son titre est emprunté au colonel Jeanpierre, ancien chef de corps du 1er régiment étranger de parachutistes, mort pour la France en Algérie. Dans un texte que certains connaissent encore[1], il exaltait les difficultés et l'ingratitude de la vie d'officier, et concluait : « Et si tu comprends cela, le reste est facile. » De fait, beaucoup de choses concrètes sont apprises aux cadres de l'armée, mais la façon de commander fait souvent l'objet d'intenses questionnements personnels que ce petit livre, à sa façon, espère accompagner.

Il propose *dix mots*, grecs, latins, français, anglais, japonais, italiens ou allemands, intraduisibles dans une autre langue que la leur, et qui offrent chacun une lumière différente et originale sur la complexité du commandement.

Ces mots expriment et répètent plusieurs fois, sous différents éclairages, chacun avec leur histoire et leur paysage, plusieurs traits qui me semblent capitaux pour développer sa façon de faire : l'attachement quotidien à une simplicité densifiée, riche de sens ; la décontraction comme forme suprême de maîtrise ; le développement de sa personnalité propre, permettant une sincérité libératrice et des décisions fécondes ; la gratitude envers la beauté, et le désir de la protéger ; le goût de l'aventure, du beau geste et de la belle vie – corollaire du point précédent ; le non-conformisme

1. « Officier ! Tu vivras comme un chien ! »

plutôt que l'anticonformisme – ne plus « marcher dans la combine », faire silencieusement un pas de côté, plutôt que de dénoncer à grands cris l'intemporelle nullité du système.

Volontairement bref, car il n'est qu'un point de départ, il se compose de chapitres de plus en plus courts, laissant progressivement à l'esprit du lecteur l'espace qu'il n'utilise pas, et ne faisant ainsi qu'ouvrir des pistes, vers des sentiers – battus ou non – qu'il appartiendra au leader, au chef, d'emprunter à sa guise.

Quant à moi, je m'efface derrière ce que j'ai à dire.

Dix mots

AIKA : *punchline* de Spartiate.

COOL : maîtrise et décontraction du jazzman.

GRANDEUR : noblesse chevaleresque.

GROOVE : *décalage rythmique et initiative.*

LEVENTEIA : *vie de forban en Méditerranée.*

PANACHE : légèreté française.

ROMANITAS : *une assemblée de rois.*

SHIBUMI : *modestie et profondeur japonaises.*

SOLO : tous pareils, différemment.

WALDGANG : *refuge dans les forêts intérieures.*

AIKA

La perfection n'est pas atteinte lorsqu'il n'y a plus rien à ajouter, mais lorsqu'il n'y a plus rien à enlever.

ANTOINE DE SAINT-EXUPÉRY

De toutes les manifestations de la force, la plus impressionnante est la réserve.

THUCYDIDE

AIKA. C'est la seule réponse qui, en 346 avant Jésus-Christ, fut envoyée par Sparte au roi Philippe II[1].

Démosthène, Isocrate : Athènes parle trop

En 352 av. J-C, Philippe de Macédoine, père d'Alexandre le Grand, part à l'assaut des cités grecques sous le prétexte d'une guerre sacrée. Il vainc le stratège Onomarchos à la bataille du champ de Crocus et le fait crucifier,

1. Plutarque, *Moralia*, *Du bavardage*, XVII.

fait jeter à la mer 3000 prisonniers de guerre et prend la forteresse d'Hèraion Teichos, en Thrace. Le roi de Macédoine n'est pas venu pour rien et, rapidement, il menace Athènes.

En ce milieu de siècle, la ville de Platon n'est plus ce qu'elle était. Son moment, celui où elle régnait sur le monde grec, est passé il y a plus de cinquante ans. Il y a quelque chose d'un peu nostalgique à imaginer sa décadence progressive : Athènes, autrefois si majestueuse, ressemble alors au profil d'une cariatide, dont la beauté régulière commence à être grignotée par le temps. Il lui reste encore l'Acropole, le prestige dont elle jouira à tout jamais – et sa fameuse éloquence, sur laquelle elle compte pour se sauver.

Or voici que justement se lève Démosthène[2], qui prend la parole devant l'assemblée en 351, pour faire réagir son peuple contre Philippe. Ses quatre *Philippiques*, plaidoyers contre le roi macédonien, sont entrées dans la légende des lettres classiques. Démosthène, quant à lui, est passé à la postérité comme le meilleur des orateurs grecs. Les Grecs qui lui survécurent l'appelaient d'ailleurs simplement « l'Orateur », comme Homère était « le Poète ».

Son style vif et imagé, tour à tour précis et sobre comme celui de Thucydide, railleur et de mauvaise foi comme les comédies d'Aristophane, son style qui emprunte à l'avocat et au pamphlétaire, rassemble le

---

2. Démosthène (384-322) est réputé avoir vaincu son bégaiement en mettant des cailloux dans sa bouche, et avoir appris à développer son coffre en discourant face aux vagues de la mer.

meilleur de l'éloquence athénienne. Ses formules souvent cruelles et à l'emporte-pièce – nous les appellerions *punchlines* – font toujours mouche aujourd'hui, fût-ce traduites du grec ancien et à plus de deux mille ans de distance. Elles laissent l'adversaire ridicule, décousu, incapable de répondre.

Trois cents ans plus tard, Cicéron, l'orateur romain le plus célèbre, rendra hommage à Démosthène en donnant le nom de *Philippiques* à ses propres discours contre Marc-Antoine, dans la querelle qui oppose ce dernier à Octave, futur Auguste, après la mort de César.

Mais le style et le souffle ne suffisent pas ; il est trop tard : Athènes, la ville de Périclès et de Thémistocle, la cité qui a tenu le monde connu en respect, qui a fait croître l'art et la philosophie, a perdu sa force vitale. Sous l'impulsion de l'orateur Euboulos, un pacifiste adepte du *consensus*, elle a fait affecter l'excédent budgétaire de la cité à l'organisation des spectacles, alors que, depuis Thémistocle, il était attribué aux dépenses de l'armée. Démosthène s'oppose à Euboulos en pure perte.

Ainsi, lorsque Philippe s'approche de la ville d'Olynthe, alliée d'Athènes, l'*Ecclesia*[3] se contente d'envoyer de maigres secours aux Olynthiens. Cette mesure, d'une lâcheté onusienne, force Olynthe à la capitulation, en 348. Dans le même mouvement, Philippe prend aussi Stagire, ville natale d'Aristote : tout un symbole. De ces deux cités alliées d'Athènes, le roi macédonien fait raser

3. L'*Ecclesia* est l'assemblée des citoyens.

jusqu'à la dernière pierre. Leur population tout entière est réduite en esclavage, et vendue.

Pour autant, Philippe ne veut pas attaquer Athènes et lui a proposé la paix. Les Athéniens enverront d'ailleurs plusieurs délégations diplomatiques, sans succès. Chose amusante, l'une de ces délégations, envoyée en 346, sera notamment composée de Démosthène et d'Eschine, un autre excellent orateur attique. Eschine[4] raconte que Démosthène « fut si décontenancé devant Philippe qu'il bredouilla un discours inintelligible ». L'orateur, pour brillant qu'il fût, et pour farouche adversaire de Philippe qu'il se prétendît, n'était donc champion du monde qu'à l'entraînement[5].

Toujours en 346, un autre orateur célèbre, Isocrate, écrit un discours simplement intitulé *Philippe*, dans lequel il propose au roi de diriger une alliance panhellénique contre la Perse. Ce motif est la trame de la vision politique qu'Isocrate maintiendra toute sa vie : les Grecs doivent s'unir contre les Barbares sous la tutelle d'un dirigeant fort. L'orateur ne fera que modifier le nom de l'homme qui incarne cette figure providentielle au fil des ans.

Isocrate est un monument du style dit « attique », sobre, élégant et simple. Littéraire sans préciosité,

---

4. Eschine, *Sur l'ambassade*, 34-35.

5. On raconte le même genre d'anecdote sur Machiavel. Au moment où il écrivit le *Discours sur la première décade de Tite-Live*, il émit un jour, dans un dîner, des propos très péremptoires sur une bataille romaine et expliqua ce qu'il aurait fallu faire. Son voisin de table, qui était officier, lui proposa de lui confier son escadron de cavalerie le lendemain pour « jouer sa solution ». Le lendemain, Machiavel passa l'après-midi à seulement essayer de mettre les troupes en ordre de bataille sur la place d'armes.

il écrit une langue pure et précise, pleine d'allitérations harmonieuses, agréable à dire comme à entendre. On opposera par la suite cet « atticisme » de belle venue à l'« asianisme » d'Orient, sensationnel, boursouflé par le *pathos* et surbrodé de figures de rhétorique.

En 341, Démosthène prononce sa *Troisième Philippique*, qui cherche cette fois à convaincre les Athéniens d'une guerre contre Philippe. Une alliance est conclue face à Philippe entre Thèbes et Athènes. En 338, à Chéronée, Philippe écrase les troupes thébaines et athéniennes coalisées contre lui. Son fils Alexandre, qui deviendra le Grand, a mené la charge de la cavalerie.

Les Athéniens ont péché par passivité, leurs chefs par pusillanimité. Démosthène, véhément et percutant, n'a pas été entendu. Isocrate, brillant et rationnel, non plus. Les cités-États, privées de leur autonomie, s'éteignent, comme des organismes vivants terrassés par la dépression[6]. Le temps des rêves d'Alexandre viendra deux ans plus tard, à la mort du roi Philippe. L'*hubris* asiatique, celle qui veut dévorer le monde, succédera

---

6. Un intéressant parallèle entre énergie des États et force vitale des individus a été établi par Lev Goumiliev (1912-1992), ethnologue et historien russe, fils de poètes dissidents du régime soviétique. Pour Goumiliev, les civilisations connaissent un cycle sinusoïdal d'une quinzaine de siècles, qui est étroitement lié à leur énergie créatrice (*passionarnost* en russe, que l'on pourrait traduire par « passionarité » en français). Elles s'élèvent puis atteignent un point d'acmé, puis déclinent. C'est le moment qui correspond à celui où « on n'a plus beaucoup de musique en soi pour faire danser la vie » (Céline, *Voyage au bout de la nuit*). Des travaux menés par l'université d'Omsk ont corrélé ses découvertes historiques, en établissant la correspondance entre l'expansion des peuples touraniens et l'ensoleillement maximum de la steppe centrasiatique. L'université de Nazarbaev, au Kazakhstan, porte le nom de Goumiliev.

à l'*aidos*[7] attique, celle du « rien de trop »[8] et d'*Athéna pensive*[9]. Alexandre meurt en 323, après avoir poursuivi son rêve impérial et démesuré jusqu'aux rives du Gange. Dans la course du monde grec, l'asianisme fiévreux a vaincu l'atticisme et son harmonie.

Punchlines de Spartiate

Retour en 346 av. J-C. Philippe s'est fait une solide réputation. Tacticien performant et vainqueur impitoyable, il continue sa descente vers le sud de la péninsule hellénique. Sparte est sur sa route. Comme tous les Grecs, il a entendu parler de cette cité si particulière avec un mélange d'ironie condescendante et de respectueuse terreur.

On fait souvent mention, dans le domaine historique, d'une « exception spartiate » à plusieurs titres. Tournée vers la guerre, Sparte est une cité à la fois

7. Le couple *hubris-aidos* est un topique de la pensée grecque. *Aidos* est la pudeur, la décence qui découle du bon sens (non sans lien, d'ailleurs, avec la *common decency* d'Orwell), ou la vergogne ; c'est le sentiment de ce qui se fait et le fait de « savoir se situer ». *Hubris*, popularisé par les journaux, est au contraire un dépassement, par orgueil, des limites de sa condition, ce qui bouleverse l'ordre du monde et appelle une sanction des dieux (Icare par exemple).

8. « Mèdén agan » en grec, devise gravée au fronton du temple de Delphes.

9. Bas-relief du Parthénon où l'on voit Athéna casquée, appuyée sur une lance, contemplant une borne. Pour le philosophe allemand Martin Heidegger, qui sera fasciné par cette sculpture au point d'en garder une photographie sur son bureau, la déesse est tournée vers « la limite », c'est-à-dire vers la frontière que l'intervention de l'homme ne doit pas franchir, celle qui s'ouvre sur le domaine de la *physis*, la nature (*Discours sur la provenance de l'art et la destination de la pensée*, académie des Arts d'Athènes, 1967).

égalitaire et esclavagiste, totalitaire et pourtant très libre, orgueilleuse et frugale, lucide et superstitieuse. Si elle tenait encore debout aujourd'hui, nul doute qu'un magazine géographique quelconque aurait déjà eu l'idée révolutionnaire de titrer sur « Sparte, terre de contrastes ».

Au moment où Philippe, non loin du sombre mont Taygète, arrive en vue de la « cité aux cent villes », Sparte jouit déjà d'une forte notoriété dans le monde grec. Elle a retenu les Perses aux Thermopyles (c'est le fameux épisode popularisé par le film *300*). Elle possède un modèle d'éducation impitoyable, l'*agogè*, appuyé sur l'eugénisme, les mauvais traitements, l'entraînement au vol et au meurtre, une frugalité extrême. Ses guerriers passent pour les meilleurs du monde. Un épais mystère l'entoure : aujourd'hui encore, méconnus sont ses cultes, nombreux et dérivant du plus ancien paganisme ; son peuple, que l'on dit descendant des Doriens du nord de l'Europe ; son architecture, dont les autres cités moquèrent la rusticité et dont il ne reste presque aucun vestige.

Les Spartiates sont en revanche connus pour un trait d'éloquence bien particulier : leur laconisme[10]. Ce mot est entré dans le dictionnaire de nombreuses langues indo-européennes. Il fait référence à une économie de mots associée à une grande lucidité, à une franchise brutale et à un humour acerbe. L'éducation spartiate, appuyée sur les lois de Lycurgue, insiste notamment sur

10. Du nom de la plaine de Lacédémone, lieu de la cité.

la résistance, les actes d'initiative, l'audace et, par-dessus tout, le silence. Les enfants doivent endurer sans rien dire, fût-ce au prix de leur vie[11]. Aussi, quand ils parlent, les Spartiates ramassent-ils toute la puissance de leur discours en aussi peu de mots que possible.

Dans un dialogue de Platon[12], Socrate, quand il évoque les hommes taciturnes en général, compare la puissance de leur parole à celle d'un lanceur de javelot : l'aphorisme de l'homme silencieux, dit-il, est « net, solide et compact ». Pour le dire avec les mots de l'armée moderne, c'est un obus-flèche : il ne comporte pas d'explosifs impressionnants, mais il est fait d'un matériau très dense[13] et, lancé à pleine vitesse, il perfore tous les blindages[14].

Le Spartiate, toujours selon Socrate dans les dialogues platoniciens, prend plaisir à passer à tort pour un homme à l'esprit lent, uniquement préoccupé du métier des armes. Cela n'est d'ailleurs qu'à moitié faux, car sa percutante brièveté de ton est comparable à l'économie de mouvements d'un tireur d'élite[15].

---

11. Plutarque rapporte, dans sa *Vie de Lycurgue* (XXVIII, 1), la célébrissime anecdote suivante : « Au reste, ces enfants, quand ils dérobaient, craignaient si fort d'être découverts, qu'un d'eux, à ce qu'on rapporte, ayant pris un renardeau qu'il avait caché sous sa robe, se laissa déchirer le ventre par cet animal à coups d'ongles et de dents, sans jeter un seul cri, et aima mieux mourir que d'être découvert… » Ce motif devint très populaire dès l'Antiquité.

12. Platon, *Protagoras*, 342.

13. Du tungstène ou de l'uranium appauvri dans le cas des obus-flèches.

14. De son côté, Plutarque toujours (*op. cit.*, XIX, 1) compare la parole des Spartiates à une dague : plus courte que les « épées » de l'éloquence attique, elle atteint pourtant son objectif et « interpelle la pensée de l'auditeur ».

15. Platon, *op. cit.* : « Ils prétendent n'avoir aucun intérêt dans la philosophie et font tout pour paraître des faibles d'esprit… parce qu'ils veulent que les gens pensent

Certaines de ces « *punchlines* de Spartiate » sont passées dans la culture populaire. En voici quelques exemples.

Léonidas aux Thermopyles disait à ses hommes : « Mangez bien, car ce soir nous dînons en enfer ! » Au cours de la même bataille, quand le roi perse Xerxès lui offrit la vie sauve si ses troupes déposaient les armes, sa réponse fut : « Viens les prendre. »[16]

Ses soldats ne furent pas en reste. Dienékès, l'un de ses hommes, à un observateur qui lui disait que les Perses tireraient des flèches en si grand nombre qu'elles cacheraient le soleil, répondit : « Tant mieux ! Nous nous battrons à l'ombre ! » Et quand Léonidas voulut envoyer un messager porter des nouvelles à Sparte avant la bataille, celui-ci répondit : « Je préfère rester combattre, ainsi les nouvelles seront meilleures. »

La reine Gorgô, épouse de Léonidas, à qui une femme venue de l'Attique demandait pourquoi les femmes spartiates étaient les seules femmes à commander aux hommes, lui répondit : « Parce que nous sommes les seules femmes capables de donner naissance à des hommes. »

---

que leur supériorité repose sur leur comportement à la bataille et sur leur bravoure virile [...]. Vous pouvez constater [...] que les Spartiates sont les mieux éduqués pour ce qui est de la philosophie et du raisonnement, au moyen de ceci : si quelqu'un se lie avec le plus quelconque des Spartiates, un homme dont vous trouvez tout d'abord qu'il s'exprime de façon médiocre ; mais, à un moment de la discussion, il vous lancera une remarque digne d'être notée, courte et sèche, comme un archer habile, si bien que la personne à qui il parle n'apparaîtra guère qu'un enfant. »

16. En grec « Molon Labe ». Ces deux mots sont très connus dans la culture américaine, par exemple au sein du *lobby* pro-armes ou dans certaines unités des forces spéciales, qui ont adopté cette phrase pour devise.

Enfin, Lycurgue, législateur mythique de la cité, à la question d'un homme qui lui demandait si une démocratie ne serait pas le meilleur régime pour Sparte, lui répondit : « Commence par ta famille. »

C'est donc à ce peuple que Philippe de Macédoine, en -346, envoya le bref *ultimatum* suivant :

Je vous conseille de vous soumettre sans délai, car si je conduis mon armée sur votre territoire, alors je détruirai vos fermes, je tuerai votre peuple, et je raserai votre cité.

La menace, on l'a vu, avait toutes les raisons d'être prise au sérieux.

Le message fut porté aux cinq éphores qui présidaient aux destinées militaires de Sparte. Philippe attendit. Le messager revint.

La missive qu'il rapportait contenait quatre lettres, tracées avec la netteté irréfutable de la graphie dorienne :

AIKA.

En grec ancien, ce mot se traduit par « si... »[17].

C'était tout.

Il n'y avait pas d'indignation, pas d'appel aux valeurs du monde grec contre le monde barbare, pas d'attaques *ad hominem* contre le roi de Macédoine, pas de véhémence dans la menace, pas d'insulte, pas de défi en bonne et due forme ; il n'y avait pas non plus de soumission, pas de proposition de paix, pas de projet d'accord, pas de base de discussion, pas d'appel au calme

17. Pour les puristes, « ai » est la version dorique (dialecte spartiate) de l'attique (le grec ancien le plus courant) « ei », qui veut donc dire « si » ; le suffixe « -ka » est un ajout solennel ou poétique destiné à renforcer le conditionnel. Il y a donc dans ces quatre lettres à la fois concision et grandeur.

ou de rappel incantatoire à la solidarité comme valeur universelle.

On entendait, en revanche, dans la lourde sécheresse de ces quatre lettres, une impressionnante puissance guerrière tenue à la longe, une sereine et impassible intrépidité, et même l'ombre d'un sourire de mépris.

Philippe II, roi de Macédoine, passa son chemin. Alexandre le Grand, à son tour, ne s'attaqua pas à Sparte, qui resta la seule ville libre de toute la péninsule grecque. Quatre lettres avaient suffi.

L'exemple lacédémonien
ouvre trois perspectives

Asianisme, atticisme, laconisme : vers l'épure. La plupart des discours politiques, journaux et livres contemporains sont de style « asiatique » au sens grec : appuyés sur le *pathos*, les passions extrêmes, les formules toutes faites, l'emphase et la facilité. La tradition française est attique : pure, précise, légère, élégante. Beaucoup de travail pour atteindre le naturel. On peut penser à Bossuet, Pascal, Valéry ou même de Gaulle. En temps de paix, l'atticisme est parfait. Pour le reste, avec encore plus de travail pour un résultat encore plus épuré, le laconisme est sans égal.

L'éloquence, la vraie, percute comme un obus-flèche. Cette brièveté minérale, dense et destructrice s'acquiert par l'habitude du silence, le dédain des apparences et des conventions, la certitude de soi et de ses propres forces. Sa rareté lui donne de l'écho et du poids, ainsi que le sens de la formule. Elle est la version orale ou écrite du vieux principe militaire de la concentration des efforts.

Une punchline *de Spartiate*. L'humour crève les baudruches des illusions ; dans sa forme la plus pure, il fait peur : faire rire est une manière de s'en excuser. Au sens kierkegaardien[18] du terme, il est la forme suprême du détachement, une manière de faire un « pas de côté » et de montrer toute l'absurdité et toute l'inanité qui se cachent derrière le voile quotidien des « conventions de manœuvre », de la fiction et du sérieux.

Toutefois, le mot *AIKA*, ce si terrible conditionnel suspensif, s'applique tout autant à l'extérieur qu'à l'intérieur de Sparte, cité sans murailles[19] mais pas sans barrières.

18. Le philosophe danois Søren Kierkegaard (1813-1855) identifie trois stades dans la maturation de l'individu : le stade esthétique est celui du dandysme, de la séduction, de la vie au jour le jour et de l'indolence. L'ironie (distance de soi envers soi) permet de se rendre compte de l'absurdité de ce comportement. Le deuxième stade, le stade éthique, est celui où l'individu devient un « héros du quotidien » en faisant son devoir d'état (mari, père, citoyen, travailleur...). L'humour (distance de soi au monde) permet de faire évoluer ce cadre social, qui risque de devenir mécanique et absurde, en une relation mystique avec Dieu, celle du « chevalier de la Foi ».

19. Sparte était la seule cité grecque à ne pas avoir de murailles : elle comptait sur ses soldats.

Peu de mots, peu de lois

Cette tendance au minimalisme efficace n'est bien sûr pas propre à Sparte dans l'histoire de l'Humanité. Les *koans* du bouddhisme zen, à l'autre bout du monde, s'appuient sur le même principe : il s'agit de courtes questions posées par le maître, apparemment sans réponse (par exemple : « Quel bruit fait une seule main qui applaudit ? »), et dont la sécheresse ouvre un abîme de questionnement dans l'esprit du disciple. Le sculpteur Raphaël (1483-1520) disait, quant à lui, que pour façonner son chef-d'œuvre *David*, il n'avait pas ajouté quoi que ce soit, mais avait enlevé du bloc de pierre « tout ce qui n'était pas David ». Enfin, Antoine de Saint-Exupéry (1900-1944), rappelant ainsi que tout art n'est pas accumulation mais bien sculpture, résuma cette idée dans la citation qui figure en exergue de ce chapitre.

Toutefois, l'éloquence spartiate, condensée dans ce « Aika », s'appuyait, elle, sur un système qui lui était propre : comme elle laissait de côté l'accessoire pour ne dire que l'essentiel, elle avait construit une société de cercles concentriques – et ce d'un point de vue géographique comme social. Un système simple, reposant sur peu de lois.

Au centre de la société, le noyau compact des « pairs », les citoyens de Sparte. À leur tête, deux rois héréditaires issus des deux plus grandes familles spartiates, qui ont des pouvoirs militaires et religieux ; cinq éphores élus parmi les citoyens, qui gouvernent les affaires de la cité. Rois et éphores se prêtent mutuellement serment de fidélité chaque mois : les éphores jurent de défendre la monarchie, les rois de respecter les lois.

Les « pairs » ou « Égaux » (*homoioi*), eux, ne sont guère plus de 1000 à 2000 selon les époques. Ce sont eux qui ont suivi la terrible *agogè*, sont citoyens à part entière et ne consacrent leur vie qu'à la préparation et à la conduite de la guerre. Il leur est interdit de faire du profit et de cultiver la terre ; un système de redistribution empêche tout Spartiate d'être plus riche qu'un autre. Leur monnaie, selon la volonté de Lycurgue, est à l'inverse de leur parole : elle est lourde, encombrante et n'a que peu de valeur. Leurs lois, elles, sont simples et peu nombreuses, car « les hommes de peu de mots ont besoin de peu de lois »[20].

Le deuxième cercle est celui des Périèques (littéralement, « ceux qui sont autour »). Ce sont les habitants des cent villages voisins de Sparte[21], qui lui sont vassaux. Les Périèques sont au moins cinquante fois plus nombreux que les Spartiates. Ils sont libres mais ne sont pas citoyens, se battent aux côtés des Égaux lors des campagnes militaires, mais ne peuvent pas exercer de fonctions décisionnelles. Ils cultivent la terre et doivent s'aligner sur les options politiques de leurs suzerains.

Enfin, en bas de l'échelle sociale, et loin des cercles des citoyens ou des hommes libres, on trouve les Hilotes.

---

20. Aphorisme attribué au roi spartiate Charilaos, qui régna de 780 à 750 av. J-C.

21. D'où la grande étendue géographique de Sparte qui, étymologiquement, veut dire « éparse ».

Ce sont des familles de paysans qui cultivent la terre pour le compte des Spartiates[22]. Si ce ne sont pas des esclaves au sens strict (ils sont considérés comme des êtres humains), ils sont dans une situation de servage très contraignante. Symboliquement, les éphores leur déclarent la guerre chaque année, ce qui fait que leur meurtre n'est pas un délit. Les Spartiates les humilient et les terrorisent quotidiennement ; ils ont droit de vie et de mort sur eux ; certaines sources indiquent que les épreuves de la *cryptie*, le « raid » final de l'éducation des meilleurs garçons[23], comprennent le meurtre des Hilotes les plus forts et les plus intelligents[24]. Leur population,

22. Chaque citoyen a un *kleros*, une terre, qui lui assure ses revenus. Les Hilotes appartiennent à ce citoyen et sont attachés à la terre, mais peuvent être prêtés entre familles « pour dépanner ».

23. Ceux chez qui un potentiel de chef avait été détecté passaient plusieurs jours à se cacher (c'est le sens du mot *cryptie*) dans des conditions qu'évoque le personnage du Spartiate Megillos dans *Les Lois* de Platon (I, 633 b-c) : « Il y a aussi ce qu'on appelle la cryptie, exercice prodigieusement pénible et propre à donner de l'endurance, et l'habitude d'aller nu-pieds et de coucher sans couverture en hiver, celle de se servir soi-même sans recourir à des esclaves, d'errer la nuit comme le jour à travers tout le pays. » Une *scholie* anonyme (commentaire d'un savant sur un manuscrit) de ce passage détaille les conditions de cette épreuve : « On envoyait un jeune hors de la ville, avec consigne de ne pas être vu pendant tel laps de temps. Il était donc forcé de vivre en parcourant les montagnes, en ne dormant que d'un œil, afin de ne pas être pris, sans avoir recours à des serviteurs ni emporter de provisions. C'était aussi une autre forme d'exercice pour la guerre, car on envoyait chaque jeune homme nu, en lui enjoignant [...] de se nourrir à l'aide de rapines et d'expédients semblables, cela de manière à n'être visible pour personne. C'est pourquoi on l'appelait cryptie : car on châtiait ceux qui avaient été vus quelque part. »

24. Notamment Plutarque, toujours dans sa *Vie de Lycurgue* (XXVIII, 1-7) : « Voilà en quoi consistait la cryptie. Les chefs envoyaient de temps à autre les jeunes qui leur semblaient les plus intelligents dans différents endroits du pays : on ne leur donnait rien, sauf des poignards et des vivres. Le jour, ils se dispersaient dans des endroits secrets et y demeuraient cachés sans bouger ; la nuit, ils descendaient sur les routes et ils égorgeaient les Hilotes qu'ils pouvaient capturer. Souvent aussi ils parcouraient les champs et tuaient les plus robustes et les plus forts. Dans sa *Guerre du Péloponnèse*, Thucydide raconte que des Hilotes furent sélectionnés par

estimée entre 150 et 200 000 individus, est la plus importante population servile de la Grèce antique.

Au fond, la terreur que les Égaux imposent aux Hilotes vient notamment de la peur que leur inspire, en retour, l'éventuelle rébellion d'une population aussi nombreuse. Les Spartiates se promenaient armés jusque dans leur propre ville. Les Hilotes ne se résignaient pas à leur sort et leur soulèvement historique, en 464 av. J-C, a traumatisé les Spartiates qui ont, selon Plutarque, inventé la *cryptie* en réaction.

Par conséquent, ce terrible *Aika* pèse également sur le monde spartiate comme une menace permanente. « Si » les Hilotes se révoltaient...

Les Spartiates étaient armés jusque dans leur propre maison. Ils avaient peur de la masse servile, qu'ils considéraient à la fois comme veule, abrutie et inculte. Il leur était difficile de se renouveler puisqu'ils mouraient plus vite qu'ils ne se reproduisaient. C'est d'ailleurs ce qui causera leur perte.

En somme, leur seule manière d'asseoir leur domination symbolique était d'être de vivants exemples.

---

les Spartiates pour leur bravoure ; ils se crurent devenus des hommes libres, se couronnèrent et firent le tour des sanctuaires ; mais peu de temps après, ils avaient tous disparu, alors qu'ils étaient plus de deux mille ; personne, ni sur le moment ni par la suite, ne put dire comment ils avaient péri. Aristote affirme même qu'à leur entrée en fonction, les éphores déclaraient la guerre aux Hilotes, afin que ce ne fût pas un sacrilège de les tuer. »

L'exemple, vertu de l'élitisme

Le système élitiste des Spartiates était, bien sûr, moins nettement défini que ne le dit la tradition. Ainsi, certains Hilotes suivaient l'*agogè*; d'autres pouvaient racheter leur liberté s'ils arrivaient à s'enrichir ou si, exceptionnellement, les Spartiates avaient besoin d'eux au combat. Certaines femmes de Sparte avaient pour confidente leur servante hilote. La conception de bâtards entre un Spartiate et une Hilote était autorisée et créait des enfants d'une caste intermédiaire.

Par ailleurs, ce système avait le mérite de mettre au centre de la cité sa défense. Si le mépris du Spartiate pour les activités commerciales ou le « soutien » au sens large[25] rendait son système difficilement viable à long terme, si son élitisme de fer a fait décroître sa population combattante, du moins diffusait-il, par la sobriété de sa vie, qui faisait écho à la sobriété de ses paroles, une vertu frappante : l'exemple.

Le premier exemple à donner était devant ses semblables. Les Égaux qui avaient fui au combat étaient humiliés toute leur vie et privés de leurs droits. Les guerriers faisaient leur devoir car les femmes qui les attendaient leur disaient « reviens avec ton bouclier ou [mort] dessus ». Être citoyen de Sparte était un titre de gloire dans toutes les armées grecques, comme être

25. Dans le film *300*, au difforme Éphialtès qui lui demande s'il peut participer au combat, Léonidas conseille plutôt de « porter de l'eau aux combattants ». Une image audacieuse de la logistique de l'avant.

citoyen d'Athènes laissait supposer une certaine excellence académique.

Les Hilotes, eux, servaient de contre-exemple aux jeunes gens. On les faisait boire lors des repas en commun, pour montrer aux garçons qu'un homme ivre était un sous-homme, et on se moquait d'eux publiquement. On notera cependant qu'à la fin de la domination spartiate, ce n'étaient plus les Spartiates qui se moquaient des Hilotes ivres. C'étaient les Hilotes ivres, nombreux dans leur veulerie, qui se moquaient des Spartiates, trop rares et acculés par le nombre.

À cela s'ajoutait, enfin, l'exemple des anciens. Chaque année, les jeunes soldats chantaient devant leurs aînés : « Nous sommes ce que vous fûtes ; nous serons ce que vous êtes. » Manière de dire que la cité ne flancherait pas et que le même esprit continuerait de s'incarner dans des individus différents.

Cette vertu de l'exemple appelle
cinq constats contemporains

Cité éparse, armée réduite : tout le monde veut être Spartiate. La contraction des effectifs de l'armée (en valeur absolue et à l'échelle d'un peuple) s'accompagne d'une pression sur les egos. Le ratio entre unités particulières et reste du monde est, dans toutes les armées, de 1 pour 10 à 1 pour 30. Or, dans une société où tout le monde est surévalué, toutes les unités veulent faire partie du cercle des Pairs, être « un peu spéciales », se démarquer par leur tenue, leur apparence, leurs traditions ou leurs coutumes. L'individualisme actuel les y encourage. Ce trait n'est pas mauvais en soi s'il n'est pas usurpé. Tout le monde veut être fier de soi et se sentir appartenir à une communauté fraternelle, soudée par des rites et des particularités. Ce n'est pas propre à l'armée.

Égaux et semblables. Corollaire du paragraphe précédent, cette aspiration à faire partie d'une élite et à cultiver sa différence ne doit pas verser dans l'individualisme ou la mythomanie. Une certaine iconographie contemporaine, parfois inspirée par une idée romanesque de Sparte, d'ailleurs (mais aussi par une fascination mal comprise pour les « forces spéciales » au sens large) incite au fleurissement des tenues non réglementaires, aux tentatives de singularisation ou au relâchement de la discipline. C'est mal comprendre le cœur du sujet : si aucun impératif opérationnel n'incite à se singulariser, si la qualité des soldats ne permet pas la familiarité, la vraie noblesse de l'armée est alors de se donner à voir comme une ligne compacte, peuplée d'individus apparemment semblables, régis par un code strict.

Les engagés viennent chercher une agogè. Une formation difficile, sélective, gratifiante, dont ils sortiront plus durs et plus forts, et dont ils pourront parler autour d'eux. Cela est d'autant plus vrai que, le plus souvent, aucune éducation ne leur a été donnée par leur famille, aucune instruction par l'école. Ils veulent devenir meilleurs, être fiers d'eux-mêmes, et attendent que l'armée, force structurante, leur donne une colonne vertébrale. Les films de guerre de notre temps les y poussent – et parmi eux 300. Cette éducation difficile doit les préparer aux conditions les plus rudes qu'ils pourront connaître en opération.

Si les soldats ne deviennent pas des Spartiates, ils deviennent des Hilotes. Si le système est trop gentil avec eux, ils exploitent ses faiblesses – et c'est la révolte des esclaves, qui veulent imposer leur façon de se comporter, leurs usages médiocres et leurs délits répétés. S'ils ne sont pas associés aux Égaux, c'est-à-dire considérés et sollicités, ils abandonnent – et deviennent les plus veules et les plus mous des exécutants. Ils ne sont pas révoltés mais ils sont morts de l'intérieur : joies mesquines, plans de carrière flous, obéissance machinale.

Spartiates et Hilotes ivres : qui se moquera de qui ? La question est celle du modèle dominant. Dans certaines unités, c'est le bon militaire, celui qui croit à son engagement, qui fait bien son devoir, qui fait du sport et dont l'allure est martiale, qui est moqué (modèle dominant : *La septième compagnie*). Quand des militaires critiquent le fait que leurs frères d'armes sont « trop militaires », trop convaincus, c'est que l'un des deux groupes a complètement tort et doit être écarté par l'autre. Le modèle dominant doit rester celui de l'excellence, fut-elle durement acquise, et donner envie d'y accéder.

COOL

I think I had it in the back of my mind that I wanted to sound like a dry martini[1].
PAUL DESMOND

The Navajos have a saying they live by: "A land where there is time enough and room enough." I want that, too[2].
STEVE McQUEEN

Entre la fin du nazisme et le début des hippies - entre deux totalitarismes, entre trop de tension et trop de relâchement - un moment de grâce et d'équilibre permit de fixer en Occident, et dans l'esprit du temps[3], une notion éternelle et fugace : le *cool*.

---

1. « Je crois que j'avais au fond de moi l'idée de sonner comme un dry martini. » Paul Desmond est un saxophoniste du quartet de Dave Brubeck, connu pour le morceau *Take Five*. Son jeu pur, limpide, tranquille et pourtant puissant laisse penser qu'il a atteint son objectif.

2. « Les navajos ont un proverbe qui les fait vivre : "une contrée où il y a assez de temps et assez d'espace". Moi aussi, c'est ce que je veux. »

3. On peut signaler, à titre d'information, deux concepts philosophiques qui se rapportent à cette idée d'« esprit du temps » : d'abord le *Zeitgeist* de Hegel (dans la

Le jazz universel

On ne sait pas tout à fait quand le jazz est né en tant que tel. On ne sait même pas établir avec certitude la liste de toutes ses influences.

Il y a certainement l'apparente légèreté codifiée venue de la musique occidentale la plus ancienne. Le quadrille, avec ses temps suspendus, importé en Amérique depuis Louis XV ; la grâce impressionniste d'un Debussy ou d'un Fauré, qui serviront d'inspiration aux jazzmen ; l'habitude de l'improvisation, prévue et connue depuis le Moyen Âge, et anticipée jusque sur les partitions de clavecin ; la structure des sonates, qui s'appuient sur l'exposition du thème, le développement d'un couplet puis le retour au thème - et au calme[4]. On peut également citer le dialogue entre le soliste et le chœur, présent dans les tragédies antiques[5], ou encore l'utilisation des modes dits « grecs » ou des intervalles diatoniques[6].

Phénoménologie de l'Esprit), qu'il assimile à une sorte de pensée collective impalpable qui caractérise une époque donnée (*Geist*, en allemand, veut dire esprit et, comme en français, peut être entendu dans le sens de « fantôme »). Ensuite l'avis de Nietzsche qui, dans *Le gai savoir*, considère que la musique est « tard-venue de chaque civilisation », c'est-à-dire qu'elle incarne et transforme en sons, après coup, des impressions collectives - caractéristiques d'un certain *Zeitgeist* donc - qui ont déjà cessé d'exister.

4. Structure dite « AABA » en jazz : deux fois le thème, un « pont » (le « B ») puis retour au thème.

5. Dans les tragédies grecques singulièrement : le personnage dialogue avec le chœur, qui représente la sagesse de la société ou la contrainte de la norme.

6. Pour simplifier, c'est l'écart, sur un piano, entre une note blanche et une autre note blanche. Par exemple, du do au mi, c'est une tierce ; du do au fa, une quarte ; du do au sol, une quinte etc.

Il y a, tout aussi évidemment, l'apport de la musique africaine, venue en Amérique avec l'esclavage. L'importance presque sacrée du conteur et musicien qu'est le griot en Afrique ; la basse continue du tam-tam, qui tient la ligne rythmique et encourage le soliste à s'élancer ; les intervalles chromatiques des instruments (distance entre une touche blanche et une touche noire) ; l'émergence des *work songs* des esclaves dans les champs de coton – chants d'abord monotones et lancinants, qui deviendront polyphoniques et donneront le *blues*.

Il y a enfin l'influence des *marching bands* et des orchestres des bateaux à roue du Sud, du milieu du XIXe siècle, dont les instruments sont ceux des fanfares militaires (cuivres, vents, tambours) et seront repris par les jazzmen. Ces orchestres étaient à leur tour influencés par les rythmes dansants et syncopés, singulièrement celui de la habanera – des rythmes qui venaient de l'île de Cuba, toute proche et desservie par bateau.

D'abord musique sale et dangereuse, associée au *blues* – réputé, lui, carrément diabolique, et lié au mythe du *crossroad*[7] – musique dansante pour les bordels, les bars et les anciens esclaves, le jazz, dont le nom est peut-être inspiré du verbe *jaser*, avec une nuance le rapprochant du verbe frayer, et sous-entendant

7. Dans le folklore du Sud (delta du Mississipi principalement), les carrefours, à la campagne, étaient le lieu où un musicien pouvait faire un pacte avec le diable pour avoir du talent en échange de son âme. Le guitariste de blues Robert Johnson (1911-1938), auteur de *Crossroad Blues*, reconnu comme un des meilleurs *bluesmen* par Keith Richards et Éric Clapton, a notamment joué sur ce mythe faustien. Au Moyen Âge, en Europe, les carrefours avaient la même réputation.

un rapprochement des corps[8], est ensuite repris par certains Blancs qui se l'approprient. « Appropriation culturelle », pour le dire dans la novlangue du jour, qui s'avérera particulièrement féconde.

À grands traits, le jazz devient populaire dans les années 1920 : avec les *bands*, les Années Folles qui succèdent à la guerre, la *Lost Generation* des cocktails et du vague à l'âme - celle de Fitzgerald, l'auteur de *Gatsby le Magnifique*, la Prohibition qui mélange les classes et les races dans les arrière-salles des *speakeasies*, l'émancipation des femmes blanches qui répond à la mise en valeur des chanteuses noires, le développement des comédies musicales de Broadway, auxquelles certains compositeurs (comme les frères Gershwin) ajoutent les notes diminuées des mélodies juives, il devient une musique frénétique, connue, sensuelle et canaille. Le jazz a le vent en poupe.

À l'affût d'un nouveau style, les *cats* qui jouent dans les clubs des grandes villes de la côte est inventent le *bebop*. Musique de l'urgence et de la virtuosité, elle laisse la place aux solistes les plus rapides et les plus inventifs. Les cuivres s'y expriment avec franchise et force. Les sections rythmiques (basse et batterie) ont droit à des solos habités qui font cogner les instruments. Le *bebop* est aussi un style vestimentaire (costumes rayés, bérets, élégance voyante) qui dicte la tendance des années 1930.

---

8. « Jazz » s'écrivait initialement *jass*, avec une allusion directe au mot *ass*, qu'il n'est pas besoin de traduire.

Avec la Seconde Guerre mondiale, la tournure du jazz se fait plus commerciale. Le jazz plus ou moins inspiré devient monnaie courante sur les ondes de la TSF. Les grands orchestres tiennent le haut du pavé : on peut citer la formation de Duke Ellington (brillante, inspirée par la personnalité de son chef, c'est-à-dire urbaine et élégante, et cependant pionnière du style *jungle* très percussif, qui redonne sa place à l'Afrique dans la culture jazz) mais aussi, plus présente dans la culture populaire, celle de Glenn Miller. Ainsi, *In the Mood* est-elle la bande-son de la face lumineuse de la Libération. *Moonlight Serenade*, elle, est, à tout jamais, celle de l'amour en temps de guerre[9].

Dans les années 1950, le renouveau viendra de la côte ouest. Le jazz est entré dans les mœurs ; il commence à être détrôné, dans le cœur du public, par les trépignements et les déhanchements du rock'n'roll ; il va bientôt être relégué à sa place actuelle dans le paysage musical – celle d'une musique savante, sans intérêt, parfois inaudible, souvent snob, terriblement datée en tout cas. Son enfermement définitif dans les ascenseurs et les halls d'hôtel aura lieu un peu plus tard. Ce sera un triste exil pour cette musique à la fois solaire et déchirante, joviale et mystérieuse, jadis considérée – ironie du sort – comme trop sensuelle et trop vulgaire.

9. Le lecteur est invité à faire l'essai lui-même, en écoutant ce titre tout en prononçant une simple phrase du genre : « Croyez-vous que cette guerre finira un jour ? »

Mais pour l'instant, en 1957, après presque quatre-vingts ans d'histoire, le jazz, de communautaire et tragique qu'il était, va devenir universel et nostalgique.

«*Made in Heaven*»

Dans les années 1930, le saxophoniste Lester Young avait, par son jeu très nonchalant et pourtant très brillant, ouvert la voie au *cool* jazz. Ami intime de la chanteuse Billie Holiday, qui était, elle, aux prises avec le *duende* du jazz, Young, par son relâchement souverain et imperturbable, était aux antipodes de la fêlure bouleversante et du timbre oscillatoire de «Lady Day».

Young avait commencé à jouer très jeune dans un orchestre de jazz. Il avait consacré sa vie à la musique et aurait parfaitement pu jouer un jeu plus nerveux ou plus épatant. Il fit le choix de l'extrême décontraction et d'une certaine sobriété. C'est d'ailleurs à lui que la légende non officielle du jazz attribue la vraie naissance du terme «cool» («frais») pour caractériser cette manière de jouer, qui était associée à l'époque dans l'argot des jazzmen, comme elle le sera plus tard dans le langage populaire, à une aisance et une facilité avec les choses de ce monde[10].

10. Un peu à la manière du «chic» français, notamment dans l'expression «avoir le chic», ou à la manière du mot «bossa» en portugais, qui peut être utilisé dans le sens d'une aptitude particulière (dans le même sens que l'expression «avoir la bosse des maths» par exemple) – ce sera le double sens des mots *bossa* et *nova*. L'histoire étant un éternel recommencement, le mot «fresh» sera utilisé un peu plus tard (notamment par le groupe Kool and the Gang dans une chanson éponyme

En 1957, un an après la découverte d'Elvis Presley par le monde ébahi, Miles Davis publie l'album *Birth of the Cool*, enregistré en 1949 et 1950 à la tête de son nonette. Le son de ce disque saisit immédiatement l'attention du public.

Avec son sens aigu de la mise en scène, Miles s'est approprié la notion de *cool*, dont les caractéristiques existaient pourtant bien avant lui. Son disque en exprime toutes les facettes : sérénité radieuse des mélodies, *tempo* ralenti par rapport aux excès « bop », jeu feutré des instruments, dialogue harmonieux des solistes - au lieu du sentiment de compétition bouillante qui s'empare du public à l'écoute d'un morceau de bebop. À la place des cornets hurlants des premiers temps du jazz, il ne joue plus qu'à la trompette bouchée - arme silencée, qui tire des munitions subsoniques. La puissance de son attaque est toujours perceptible, mais elle est nimbée de fraîcheur et rendue plus percutante par son relâchement. Sa posture en scène change également : l'une de ses maîtresses, la chanteuse française Juliette Gréco, constate qu'il cesse alors de jouer « convexe », penché vers le public, pour adopter cette droiture « concave » qui sera sa signature, les épaules en arrière, en homme qui n'a rien à prouver et ne semble pas faire d'effort[11].

---

des années 1980). À la même époque, la chanson *Smooth operator* de Sade (le titre est une expression idiomatique désignant un beau parleur pour qui tout est facile) livre un bon aperçu du *cool* : *Move in space with minimum waste/And maximum joy* (Évoluer dans l'espace avec un minimum d'efforts inutiles/Et un maximum de joie).

11. En 1958, Miles Davis compose, sur une seule suite d'accords, toute la bande originale du premier film de Louis Malle, *Ascenseur pour l'échafaud* (scénario du

Deux ans plus tard, en 1959, Miles Davis, à la tête d'une formation plus réduite, enregistre un autre monument du *jazz cool* : *Kind of Blue*. Outre le son pur et dégagé, dont la sérénité céleste a fait dire au batteur de l'album, Jimmy Cobb, « *It must have been made in Heaven* », ce qui frappe est la grande liberté et la grande simplicité des thèmes. Les improvisations, audacieuses sans être démonstratives, s'inspirent de la musique modale du Moyen Âge[12].

Ainsi, avec l'apport de la théorie musicale du monde blanc et d'une sobriété feutrée aux instruments, Miles Davis, qui deviendra pourtant de plus en plus raciste, est le premier à faire du jazz, dans sa version *mainstream*, une vraie musique métissée, qui n'aura ni la facilité populaire d'un Glenn Miller ni l'africanisme expressionniste du style *jungle*. Le jazz n'est plus seulement une musique américaine, il devient universel ; et, de tragique et âpre, il devient porteur d'une lancinante nostalgie, dont les réverbérations sont profondes.

« hussard » Roger Nimier). Pour la première fois, il improvise en direct avec ses musiciens devant les scènes du film.

12. Si on joue toutes les notes blanches du piano, de do au do suivant, cela s'appelle le mode de do. Toutes les gammes majeures de la musique classique « imitent » l'écartement des notes du mode de do – c'est pour cela qu'elles comportent des notes noires à la place de certaines notes blanches. Or, si on joue toutes les notes blanches, de ré au ré suivant, sans notes noires, on n'obtient pas une gamme de ré, mais une suite de sons qui est différente de la gamme majeure de ré. On appelle cette suite de sons « mode de ré ». Et ainsi de suite en mi, fa etc. Au Moyen Âge, on a donné des noms grecs à ces modes. Le mode de do (le plus connu) est donc le mode ionien. Le mode de ré est le mode dorien, etc. En jouant en mode de ré sur un piano, par exemple, on observera que les mélodies obtenues rendent un son ancien – médiéval, celtique ou grégorien. Ce qui est normal : l'apprentissage de la musique médiévale se faisait en mode dorien.

Le *cool* est véritablement né en cette fin des années 1950. Il s'appuie sur un moteur à deux temps absolument imbattable : le couple efficacité-décontraction.

Quelques remarques

Le métissage fertile : sans racisme, sans soumission. En se refusant au purisme, en étant une forme populaire qui incorpore toutes les traditions, de la plus savante à la plus instinctive, de la plus exotique à la plus occidentale, le jazz est devenu une musique à part entière. Il est le pont qui aurait pu faire cicatriser, en Amérique, les plaies de l'esclavage. Sans libération des esclaves, il serait resté une misérable rengaine de fanfare – et sans esclavage, il serait resté une psalmodie sur un tam-tam. Ce qui vaut pour le jazz vaut pour une armée multiculturelle, pour une opération interarmées ou pour tout type de « choc » des cultures (qui, le plus souvent, est un surtout un choc à cause des incultures réciproques).

Tranquille, comme un lac de montagne en été. Le *jazz cool* évoque, dans *Kind of Blue* surtout, un paysage de lacs et un ciel sans nuage[13]. Cette tranquillité relâchée, mais pas abandonnée, est la condition de toute improvisation. L'instrumentiste est sûr de sa technique, il connaît son

13. Malson (Lucien), *Les maîtres du jazz*, Buchet-Chastel, 1952.

timbre propre, il n'a plus qu'à proposer sa solution. C'est exactement la position dans laquelle doit se trouver le chef dans la vie quotidienne. Cette tranquillité n'est pas apathique : c'est une sérénité scintillante et froide.

La détente et la frappe

Ce mécanisme d'entraînement puissant n'est pas propre à la musique : un pratiquant du « noble art », la boxe française, un escrimeur, un aïkidoka, un spécialiste du Systema russe ou un tireur de précision, savent que la respiration abdominale, le relâchement musculaire et la force d'inertie permettent de délivrer les coups les plus terribles. En d'autres termes, en jazz, au combat ou dans la vie, c'est la décontraction musculaire qui rend la frappe létale.

En s'entraînant dur, en répétant inlassablement les mêmes motifs, les mêmes exercices, les mêmes notes ou les mêmes prises à l'entraînement, on devient efficace. Cette efficacité produit la confiance en soi et la connaissance, même instinctive, de tous les schémas possibles. Avec cette confiance, avec cette compréhension instinctive renforcée par l'expérience, on aborde le monde avec décontraction et liberté. Cette décontraction libère de la puissance, qui à son tour produit une efficacité maximale sur son point d'application.

Le monde militaire, lui aussi, a toujours cherché à insister sur la répétition des exercices, l'enregistrement de mouvements simples et codifiés, l'acquisition d'une « mémoire musculaire ». On appelle cela le « drill ». On en a fait un « fondamental » au point d'oublier sa véritable destination, son véritable point culminant : la souplesse face aux chocs, la capacité, pour une communauté militaire, à se régénérer avec la même facilité qu'un organisme vivant et à s'adapter à l'imprévu en improvisant sans effort.

Pour le dire avec un exemple trivial, qui ne rend pas justice à l'Histoire, la phalange romaine d'*Astérix et Obélix*, qui progresse en tortue, est solide et mécanique. Elle est « drillée ». C'est une magnifique unité pour une démonstration ou une bataille rangée. Elle est vaincue, toutefois, sans effort et de manière plutôt risible, par le chaos apparent, par l'anarchie organique du village gaulois qui se lance à l'assaut. Ses procédures et son uniformité, ses cadres d'ordres et ses carnets (ou tablettes) de combat ont été balayés par le réel. L'enjeu du *cool* est toutefois bien plus actuel, plus concret et plus tragique que celui de la défense des camps retranchés de Babaorum et des alentours.

Ainsi en 2004, en Irak, la Task Force d'opérateurs spécialisés commandée par le général Stanley McChrystal s'est retrouvée face à un ennemi protéiforme, sans hiérarchie, en recomposition perpétuelle, improvisant sans cesse et se fondant dans le décor : Al-Qaïda en Irak (AQI). Malgré une équipe de combattants d'élite, et une supériorité mécanique et technologique écrasante, les forces spéciales américaines ont été tenues en échec. Ce n'est qu'en acceptant de détruire toutes les conceptions traditionnelles de la hiérarchie (commandement en silo, classifications, besoin d'en connaître, décisions venant du haut, etc.), en se concentrant sur l'efficacité et l'adaptation de ses troupes et, surtout, en déléguant la prise d'initiative au plus bas échelon, que McChrystal a pu vaincre. Comme corollaire, il n'a pu se permettre cette transparence, cette fluidité et cette subsidiarité que parce qu'il avait sous ses ordres des guerriers professionnels[14]. Toujours l'efficacité et la décontraction[15].

Comme un fait exprès, plusieurs musiciens de *jazz cool* ont été brisés par leur passage dans l'armée au cours de leur service militaire. Lester Young, mobilisé en 1943, en reviendra complètement drogué, dépressif et n'ayant plus aucune confiance en lui. Il en ira de même pour Bill Evans, pianiste de génie, présent sur l'album *Kind of Blue* et dont nous aurons l'occasion de reparler. Le trompettiste Chet Baker, lui, sera engagé volontaire à seize ans dans une unité de musique militaire. Il s'y réengagera une deuxième fois avant d'être muté dans une unité disciplinaire, puis réformé pour « inadaptabilité à la vie militaire ».

Ces musiciens n'avaient sans doute pas trouvé la façon adéquate de donner des gages à un système lent et lourd, dont, à l'époque, le nombre, l'obéissance et

---

14. Cette expérience est racontée par McChrystal et trois de ses collaborateurs dans l'ouvrage *Team of Teams* (non traduit en français), paru en 2015 : McChrystal (Stanley) *et al.*, *Team of Teams*, Penguin, New York, 2015.

15. Les forces spéciales américaines (*United States Special Operations Command*, USSOCOM) se surnomment elles-mêmes « Quiet professionals » (*quiet* pouvant se traduire par « calme », « silencieux », « serein » ou « discret »).

l'uniformité faisaient la puissance. L'institution militaire américaine, de son côté, pouvait peut-être avoir du mal à comprendre ce que la personnalité d'un artiste *cool* apporterait au bien du service ou à l'exécution des règlements militaires. Une autre époque.

Rappel de quelques éléments

La décontraction musculaire rend la frappe létale. Ce n'est qu'en étant parfaitement relâché, en suivant son instinct, que le coup part loin et fort. Ce qui est vrai en musique ou au combat est vrai dans la vie de tous les jours et dans l'exercice du commandement. Un reproche impitoyable, sur un ton égal et factuel, est plus efficace qu'une colère de matamore. Un sourire naturel au quotidien, et qui brutalement disparaît, produit plus d'effet qu'une tête d'enterrement toute l'année. La décontraction permanente, résultat de la confiance et de la compétence bien assimilées, clarifie l'esprit pour prendre des décisions.

L'élite est souple, la masse est rigide. Le formatage initial des soldats n'a pour but que de les rendre plus rapides et plus efficaces, et surtout pas de les amputer d'une partie de leur personnalité. Si les subordonnés ont l'intelligence de penser plus loin et plus vite malgré ce formatage, on peut leur déléguer une part d'initiative très importante et les associer, parfois même sans distinction de grade, à la plupart des décisions. À l'inverse, certains officiers ont une âme d'exécutants, et se repaissent de plans, d'ordres et de fiches de tâche. Il est sage de leur donner ce qu'ils attendent : un chemin plat et sans surprise.

Presque tout est sérieux, presque rien n'est grave. Les situations qui méritent un engagement physique allant jusqu'à l'hypothèse de la mort, donnée ou reçue, ou la montée d'un stress intense nécessitant des décisions immédiates et radicales, sont peu nombreuses et ne constituent pas le quotidien d'un chef. Peu de choses réclament que le corps dépasse 80 pulsations par minute dans la vie de tous les jours, à part le sport. Traiter les choses, avec implication, mais avec calme et confiance, rassure tout le monde. De même, désamorcer la tension entre les personnes avec fermeté mais sans jamais élever la voix est essentiel. Dans 99 % des cas, le déclencheur d'une bagarre est une querelle d'ego, ou la démonstration d'une virilité de mascarade – celle des banlieues. Aucun intérêt. Dans 1 % des cas, quand sa propre vie ou celle de ses proches est menacée, on sort – cette fois dans l'hypothèse de donner ou recevoir la mort.

Le *cool* comme équilibre[16] : la *bossa nova*

« Le génie, c'est d'inventer le cliché », disait Baudelaire. À ce titre, le *cool* a certainement été le plus génial de tous les courants du jazz. Aujourd'hui, il est associé au cliché d'une musique sirupeuse, languide et sans intérêt ; ses arrangements sont singés par les disques les plus commerciaux ; si l'on ajoute une ligne de basse électronique sur un morceau de *cool* mal exécuté, on obtient la soupe doucereuse des halls ou des bars de grands hôtels, qui en publient régulièrement la compilation. Les standards du *jazz cool*, qui étaient la ligne d'équilibre parfaite entre esthétisme glacé et ondulation érotique, ont été pillés, copiés, caricaturés. Prenons l'exemple de l'un des plus célèbres d'entre eux pour illustrer ce propos.

En 1962, la sortie de l'album *Jazz Samba* annonce une nouvelle forme de jazz : la *bossa nova*, ou « nouvelle vague » au sens figuré. On peut la définir comme le fait le titre du disque (c'est effectivement un cocktail jazz américain et samba brésilienne) ou, selon les mots d'Henri Salvador qui prétendait l'avoir inventée, comme une « samba ralentie ». La structure rythmique est celle de la samba (basse continue qui est reprise de celle du *sourdo*, le tambour de la samba ; syncope entre la mélodie et l'accompagnement, etc.), mais elle est effectivement

16. Dans son *Éthique à Nicomaque*, Aristote caractérise la vertu comme un juste milieu entre deux extrêmes, une « ligne de crête » (comme l'indique le mot grec *arêtê*, qui a donné le mot arête). L'homme courageux n'est ni lâche ni téméraire. Le *cool* n'étant ni indolent ni froid, est-il une vertu ?

« ralentie », relâchée, et laisse donc toute sa place à l'instrument ou à la voix.

Deux ans plus tard, en 1964, l'album *Getz/Gilberto* connaît un immense succès aux États-Unis et dans le monde occidental. Le titre le plus célèbre de cet album est sans conteste *A Garota de Ipanema*, en anglais *The Girl from Ipanema*.

L'idée de ce titre était venue en 1962, alors que le compositeur Antonio Carlos Jobim, père de la *bossa nova*, et le poète et diplomate Vinícius de Moraes passaient leurs après-midi au café *Veloso*, dont la terrasse donnait sur la plage chic d'Ipanema, à Rio de Janeiro. Vinícius de Moraes fut frappé par la beauté d'une jeune fille de dix-sept ans, Héloïse Pinto, une fille d'officier qui passait régulièrement devant le *Veloso* en allant à la plage. Laissons-lui le soin de la décrire : « Le paradigme de la Carioca à l'état brut : une fille bronzée, mélange de fleur et de sirène, pleine de lumière et de grâce, mais avec une ombre de tristesse ; aussi portait-elle en elle, sur le chemin de la mer, le sentiment de ce qui passe, que la beauté n'est pas seulement nôtre – que c'est un don de la vie que son bel et mélancolique sac et ressac permanent. »[17]

Les paroles de Vinícius de Moraes ainsi que la musique d'Antonio Carlos Jobim furent associées au saxophone suprêmement *cool* de Stan Getz et à la guitare et à la voix de João Gilberto sur l'album *Getz/Gilberto*.

---

17. Moraes (Vinícius de), *Revelação: a verdadeira Garôta de Ipanema*, Rio de Janeiro, 1965 [trad. par l'auteur].

Il ne manquait plus, pour le marketing américain, qu'une version chantée en anglais. Les paroles furent rapidement adaptées – mais les Brésiliens ne parlaient pas anglais.

Or voici Astrud, la femme de João Gilberto. Elle est jeune, elle est belle, elle parle quelques mots d'anglais et chante à peu près juste. Elle entre donc en studio avec son mari et les autres musiciens. Le résultat est l'équilibre parfait du titre. Tout le monde est en place, aussi *cool* que possible : les accords de piano de Jobim, qui semblent modestes mais sont en réalité enrichis ; la voix et la guitare de Gilberto, qui sont si naturelles qu'elles donnent l'impression qu'il a été enregistré sur la plage ; le saxophone de Getz, dont le jeu souriant et sophistiqué ne cherche pas à se mettre en valeur ; la voix d'Astrud Gilberto, enfin, à la fois simple et séductrice – tout à fait adorable.

Selon les exégètes du jazz, souvent puristes, auxquels on s'adresse, la *bossa nova* est, ou n'est pas, *cool*. Si on prend pour définition du *cool* le proverbe navajo cité par l'acteur Steve McQueen[18], en exergue de ce chapitre, il n'y a pas de doute : il n'y a pas plus *cool* que la *bossa nova*. Le *cool* est, selon nous, la capacité à se créer du temps et de l'espace, autant qu'on en veut, et à diffuser cette impression. Marcher, parler, jouer comme sur une île

18. Lui-même surnommé *The King of Cool* depuis le film *La grande évasion*. À titre anecdotique, le film *L'affaire Thomas Crown (1968)*, de Norman Jewison, dans lequel il joue aux cotés de Faye Dunaway, est un bon exemple de cool cinématographique (et l'occasion d'écouter la bande originale du jazzman français Michel Legrand).

déserte, comme si le temps n'avait aucune importance, comme si rien n'était grave mais que tout était sérieux.

Comme pour beaucoup de chansons légendaires, il y a une petite histoire dans la grande : Astrud Gilberto quittera bientôt son mari pour Stan Getz ; Héloïse « Helo » Pinto connaîtra une forme de gloire au Brésil et, toujours aussi sexy, posera pour *Playboy* avec sa fille en 2003 ; Vinícius de Moraes, l'auteur des paroles et de la phrase inspirante à propos de la vraie « fille d'Ipanema », poursuivra toute sa vie la même quête de romantisme solaire, tendre et triste.

Aujourd'hui, *The Girl from Ipanema* est identifiée comme la musique d'ascenseur par excellence, et on l'utilise avec ironie dans les films contemporains[19]. Son équilibre *cool*, entre le déchaînement de la samba et le détachement du jazz West Coast, a fini par basculer dans la variété hypercalorique. Devenue un cliché, un tube ringard, c'est une chanson parfaitement *cheesy*[20].

Pourtant, selon les standards baudelairiens, le *jazz cool* brésilien a eu le génie d'inventer le cliché, avec ses « mélodies en corolle, d'une tristesse heureuse »[21], salies plus tard par la société de consommation et le culte de la dérision.

Quoi qu'il en soit, pour celui qui fera l'effort d'écouter avec une oreille objective – c'est-à-dire une oreille de 1965 – le titre original, il y a tout un monde dans

19. Dans *Le monde de Nemo* ou dans *Mr. & Mrs. Smith*, pour ne prendre que deux exemples relativement récents.

20. Mot américain qui peut signifier « cliché », « ringard », « vu et revu » etc.

21. Malson, *op. cit.*

l'album *Getz/Gilberto*. La plage d'Ipanema en fin d'après-midi, peut-être vue d'un petit avion, le soleil orangé sur la baie – et la jeune fille grande, mince et bronzée, à l'impudence tranquille et au sourire tristement ironique, dont les hanches, quand elle marche le long de la plage, semblent à tout jamais danser la samba au ralenti.

Peut-être un ou deux mots pour finir...

Créer du temps et de l'espace, pour soi et pour les autres. Le chef est celui qui rend les choses fluides et agréables. Sauf en de très rares occasions, il ne fait que créer les conditions du succès dans son équipe, car il ne peut pas et ne doit pas tout superviser. Son travail consiste d'abord, et parfois seulement, à insuffler un esprit. Pour cela, il doit se donner, et donner aux autres, du temps et de l'espace, réels ou symboliques[22].

Le cool *est un petit miracle en équilibre instable.* C'est un ingrédient chimique indispensable pour commander mais difficile à doser. Trop de *cool* et on est dans la paresse du démissionnaire ou la bonhomie sucrée. Pas assez et on

22. Exemple, pour la prise de parole en public : 6 mètres, 8 heures. Visualiser une bulle de sécurité de six mètres de vide et de calme autour de soi, mètre par mètre. Puis imaginer concrètement qu'on dispose de huit heures pour délivrer son discours. On peut également penser à la phrase sur le jeu d'acteur de Marlon Brando qui, quand il était assis sur une chaise, « était assis pour l'éternité » selon ses propres termes.

est dans le stakhanovisme dépressif, les petites ficelles de chefaillon du tertiaire, et le micromanagement. Trouver la juste dose de *cool* (fraîcheur, calme, douceur de vivre) est capital, car cela démultiplie l'efficacité (par la décontraction) ; il faut une certaine précision.

Cheesy is good. C'est un proverbe américain. Il veut dire que ce qui semble ringard, cliché, trop facile ou trop rebattu, est agréable. Et, on le sait, ce qui est agréable et moral est bon. Il n'y a donc aucune raison de s'en priver. Ce que les autres trouvent ringard ne l'est pas forcément – et de toute façon peu importe. Chacun possède des côtés *cheesy*, comme tel ou tel « mauvais goût » culturel[23]... Cela fait partie d'une personnalité harmonieuse, sincère et originale – et la personnalité d'un chef repose, pour poursuivre le parallèle musical, sur l'utilisation de toutes ses harmoniques.

23. Parmi eux, on pourrait éventuellement citer le goût pour les films d'action populaires des années 1970, avec Jean-Paul Belmondo ou Alain Delon. On notera alors que certaines des meilleures musiques de ces films ont été signées par Philippe Sarde, compositeur de jazz, qui travailla avec des musiciens *cool* (Stan Getz pour *Mort d'un pourri*, avec Alain Delon et Ornella Mutti, en 1977 ; Chet Baker pour *Flic ou Voyou*, avec Jean-Paul Belmondo et Marie Laforêt, en 1979).

GRANDEUR

La politique la plus coûteuse, la plus ruineuse,
c'est d'être petit.
CHARLES DE GAULLE[1]

Le défaut supprime la perfection, et l'excès ne supprime
pas la grandeur. Loin de là, il la constate.
VICTOR HUGO[2]

Née en France, marquée du sceau du XVIIe siècle, « le Grand Siècle », la grandeur est la manifestation achevée – mais rêvée – d'une vieille civilisation chevaleresque, au cœur d'une période au style « propre, exact et libre »[3].

---

1. Allocution prononcée au Champ-d'Arbaud, à Basse-Terre (Guadeloupe), le 20 mars 1964.

2. *Proses Philosophiques 1860-65.*

3. Définition du XVIIe siècle donnée par Nietzsche (en français dans le texte), dans Nietzsche (Friedrich), *Fragments* destinés à la rédaction de *La volonté de puissance*, coll. « Tel », Gallimard, 1995, t. 2 [trad. F. Würzbach].

L'ordre équestre

En 1884, le chartiste et médiéviste Léon Gautier fit paraître un épais volume, fruit d'une très longue et très complète recherche, qui s'intitulait sobrement : *La chevalerie*. Remontant aux sources de l'établissement de l'institution chevaleresque en France, il en dépeignait scrupuleusement l'évolution. D'abord notion franque, qui mettait des hommes d'armes à cheval au service d'un seigneur, la chevalerie a évolué au contact de l'Église catholique. Celle-ci a discipliné le goût de la bataille en instaurant la Trêve de Dieu ; elle a romanisé et christianisé l'esprit des combattants païens en leur donnant une bonne raison de tirer l'épée ; elle a participé à l'institutionnalisation et à la codification du rite de l'adoubement ; elle a fait de la chevalerie française une force de frappe puissante et unie face aux périls majeurs. Cependant, on peut aussi lui imputer – mais est-ce un reproche ? – d'avoir donné aux chevaliers chrétiens une certaine naïveté idéaliste, un dédain souverain pour les petites combines et les manœuvres de cour, une prodigalité très peu compatible avec le modèle économique d'un État. La grandeur en est le résultat.

À l'origine, le mot « chevalier », vient du bas latin *caballus*, qui désigne un cheval – parfois même un cheval de basse condition. Un chevalier c'est tout simplement, au départ, un homme qui se bat à cheval. L'entretien d'un cheval et l'équipement d'un cavalier coûtent cher ; la vitesse et la hauteur du combat monté singularisent. Ces deux notions – aisance financière et détachement de la masse – impliquent à leur tour les notions d'héritage financier, d'éducation aristocratique, de distinction des mœurs, déjà présentes à Rome dans l'ordre équestre. Les membres de celui-ci devaient être parmi les plus fortunés, être de réputation honorable et refuser d'accomplir les magistratures (en d'autres termes, se dévouer à la guerre)[4]. Ils étaient reconnaissables au port d'une toge bordée de pourpre et d'un anneau d'or au doigt. Seuls les membres de l'ordre équestre pouvaient entreprendre le *cursus honorum* politique, en revendant symboliquement leur cheval. Le premier d'une lignée à agir ainsi était appelé *homo novus*, homme nouveau, devenant une sorte de « parvenu » dans la haute administration publique. Où l'on voit que le snobisme, vilaine bête, trouve toujours à se nicher quelque part.

Au Moyen Âge, vers le Xe siècle, commence à apparaître le mot *miles*, guerrier. Il désigne les combattants professionnels, les *bellatores*, par opposition aux *oratores*, qui prient, et aux *laboratores*, qui travaillent. Ce système de répartition trifonctionnelle a été théorisé par le Français Georges Dumézil (1889-1986). En comparant l'organisation sociale et les mythologies des peuples indo-européens, il a mis en évidence, dans toutes les sociétés qui en découlent, une fonction sacerdotale et intellectuelle, une fonction guerrière et politique, et une fonction productive et reproductive. Le Moyen Âge français n'échappe pas à la règle.

---

4. Suétone, *Vie des douze Césars*, « Octave », 32.

Le *miles* possède ses propres armes, son cheval et protège le château du seigneur, afin qu'il puisse gouverner ses terres. Entre le XIe et le XIIe siècle, son statut se fixe : il forme une catégorie à part entière, en dessous de la noblesse, au-dessus de la paysannerie, à l'opposé de la bourgeoisie. Par le jeu des mariages et des attributions de fiefs, chevalerie et noblesse fusionnent. Le chevalier apporte au seigneur le courage, l'habitude du service inconditionnel et un sens de l'honneur envisagé comme seule boussole ; le seigneur donne au chevalier ses vertus d'enracinement, de transmission, de sentiment de son propre nom – ainsi que quelques-unes de ses filles.

L'Église, quant à elle, entre le VIIIe et le XIe siècle, a réussi à transformer la chevalerie païenne en une institution qui, pour le dire dans le sous-langage moderne, « détient le monopole de la violence légitime ». Elle a béni les Croisés, elle a autorisé la création des Templiers et les adoubements au pied du Saint-Sépulcre de Jérusalem. Elle a ajouté des rites catholiques à l'adoubement de l'écuyer, qui devait se confesser la veille puis passer la nuit en prières devant son armure (la fameuse « veillée d'armes »). Elle n'a pu réguler certaines caractéristiques des guerriers francs, qui leur survivront longtemps après : amour de la bataille, prodigalité extrême pour montrer que l'on est au-dessus de tous les calculs, goût pour l'excès en toutes choses.

Toutefois, elle a introduit un changement radical dans la vie intime du chevalier, en régulant sa vie conjugale et en adoucissant ses rapports avec les femmes. C'est à l'influence de l'Église que l'on doit la glorification de la monogamie, la réprobation des répudiations, et, surtout, la floraison de la *fin'amor*, l'amour courtois, à partir de la seconde moitié du XIIe siècle[5]. Les histoires d'amour courtois exaltent la chasteté, la fidélité, le désir d'accomplir des épreuves périlleuses pour obtenir de modestes mais tendres récompenses de la femme que l'on convoite. Clin d'œil aux premiers temps de la chevalerie, l'héroïne de l'amour courtois est souvent l'épouse d'un grand seigneur ou d'un roi puissant, et le héros un brave chevalier de condition moindre.

Par la suite, la chevalerie proprement dite – la cavalerie lourde, en armure – perd de son importance tactique. La terrible défaite d'Azincourt, où, le 25 octobre 1415, les chevaliers français s'embourbent sur le champ de bataille et sont décimés par les arcs anglais à longue portée, sonne le glas du combat frontal dont une poignée de braves font l'issue. Elle préfigure la supériorité des armes à feu et du combat d'infanterie. Pour autant, ses membres, définitivement associés à la noblesse depuis le XIe siècle environ, tiennent les leviers du pays (comme à l'époque romaine) et constituent toujours un modèle dominant. Ce modèle moral s'appuie sur quelques valeurs simples : courage, dévouement, honneur, loyauté, courtoisie, défense des faibles, respect des femmes. Plus simplement, il consiste à dépasser

5. Ainsi, pastichant les trois piliers de la société trifonctionnelle, le grand historien Georges Duby intitulera-t-il un de ses livres *Le chevalier, la femme et le prêtre* (Hachette Pluriel, 1981). Il y montre l'évolution de la condition des femmes, devenues officiellement les pierres angulaires de la civilisation française, malgré un statut encore extrêmement précaire.

ses faiblesses humaines en refusant ce qui est facile, bas, médiocre ou mesquin – en donnant avec largesse, en s'exposant avec clarté et en s'engageant avec excès : en un mot, en vivant avec grandeur.

Le Comte de La Fère

Les figures qui incarnèrent cet idéal de grandeur dans l'Histoire sont nombreuses et exemplaires à plusieurs titres. On peut par exemple citer Blaise de Monluc (v. 1500-1577). Engagé à quinze ans « pour acquérir de l'honneur », il servira cinq rois et finira maréchal de France. Aussi bouillant guerrier que bon administrateur, il consacrera sa vie au service de son pays. Habitué aux relations avec les rois de France, il connaîtra les marques d'amitié sincère des uns et la totale ingratitude des autres. On lui doit quelques phrases profondes et sobres, tirées de ses *Commentaires* (publiés en 1592), qu'Henri IV qualifiait de bréviaire du soldat. Marquées du sceau de la grandeur, elles sont à l'image de celle-ci : *« Mon épée au Roi, mon âme à Dieu, mon honneur pour moi. »*

La grandeur de Monluc est dans son dévouement à la Couronne, dans son courage jamais démenti (il aura le visage arraché par un coup d'arquebuse à soixante-dix ans, sur les remparts de Rabastens), dans son souci permanent de son propre honneur[6] et dans le rayonnement

6. Blaise de Monluc soutiendra un siège espagnol à Sienne pendant presque une année (juillet 1554-avril 1555). À sa capitulation, les Espagnols lui rendirent les honneurs. Henri II l'accueillit en héros et le reçut dans l'ordre de Saint-Michel. Sur

de son exemple, qui atteint sa famille : il aura dix enfants, dont quatre fils. Trois d'entre eux mourront au combat sous ses ordres. Le quatrième, à la demande de son père, quittera l'armée pour devenir évêque.

Toutefois, les manifestations de grandeur, qui précéderont les manifestations de *panache* de la « guerre en dentelles » et au-delà – et sur lesquelles nous reviendrons, sont mieux décrites depuis des siècles (depuis la fixation du modèle de la chevalerie, vers le XIIe siècle) sous forme romancée qu'à travers des biographies. Les chansons de geste, les *romans* de l'amour courtois épurent la grandeur du chevalier de ses scories, pour lui donner sa forme la plus éclatante. Léon Gautier ou Georges Duby eux-mêmes, dans leurs ouvrages, alternent les références littéraires et les anecdotes réelles pour penser le modèle chevaleresque.

Par ailleurs, si le Moyen Âge a consacré la grandeur comme modèle au sein de la société, parce que c'était une société de la guerre permanente, y compris civile, le relatif apaisement qui suivra l'arrivée des Bourbons sur le trône, l'inutilité progressive de la chevalerie en tant que telle, donneront à cet idéal sa véritable place : celle d'un objectif impossible à atteindre, vers lequel il faut tendre toute sa vie.

Il n'est donc pas surprenant que l'héritage de la chevalerie, dans ce qu'elle a d'inadapté au monde et pourtant de profondément intemporel, soit condensé

---

cet épisode, Monluc conclura sobrement : « La gloire de l'honneur est un poignant aiguillon. » C'était la perspective d'ajouter encore de la renommée à l'honneur qui était déjà le sien, qui lui avait permis, quoique malade, de tenir ce terrible siège.

dans des personnages de fiction. D'un côté, celui du rêve intellectuel grandiose et de l'émouvant ridicule, on trouve le *Don Quichotte* de Cervantès : en essayant de vivre en accord avec ses vieux livres de chevalerie dans un monde, celui du début du XVIIe siècle, qui a tourné la page, il décide d'être grand, mais fait primer l'idée sur le réel, ce qui le rend à la fois risible et bouleversant. De l'autre côté, on trouve une figure consciente de la mort de l'idéal, mais attachée à la grandeur qui ne passe pas, celle de l'individu : c'est le personnage d'Olivier, comte de La Fère, mieux connu sous le nom d'Athos.

En 1844, la parution des *Trois mousquetaires* donna naissance aux quatre figures bien françaises que nous connaissons : d'Artagnan, rusé et impétueux ; Porthos, truculent et vaniteux ; Aramis, fin et sournois ; Athos, enfin, le plus âgé des quatre, noble et mélancolique. Au fil du roman, et de ceux qui suivront, si chacun admire d'Artagnan, qui est le plus rusé de tous, chacun essaie de modeler son comportement sur celui d'Athos : d'Artagnan a besoin de son avis, Porthos de son approbation sociale, Aramis de son accord. Sans cela, d'Artagnan devient un officier aigri, Porthos un nouveau riche désœuvré, Aramis un ecclésiastique perfide.

Le mot que d'Artagnan utilise pour caractériser son ami n'est pas tant la noblesse que la grandeur. Et la leçon de grandeur d'Athos est donnée en actes.

La tenue, d'abord. Athos est digne et grave sans austérité ; il n'a ni la pauvreté de d'Artagnan, ni la magnificence de Porthos, ni la préciosité d'Aramis. Engagé sur le tard au service du roi, il ne donne jamais son vrai nom – mais son allure seule fait connaître sa naissance. Il rit et boit avec ses amis, avec la plus grande simplicité mais sans changer son comportement. En de rares occasions, il se donne à voir avec les honneurs dus à son rang. Ainsi, dans *Le vicomte de Bragelonne*, le vieux châtelain sans prétention qu'il est redevient un héros vivant – qu'il est aussi – lorsque, revêtu des insignes des trois plus grands ordres de chevalerie d'Europe, il demande audience au roi.

La parole, ensuite. Athos ne parle guère, et son valet Grimaud est, lui, presque muet[7]. Il ne manque jamais à sa parole et ne parle jamais de lui ou des siens, sauf en de rares occasions. Il ne ment qu'une fois, dans *Le vicomte de Bragelonne*, au général Monck, ennemi de la monarchie britannique, et encore s'en excuse-t-il une heure plus tard. Il ne se vante pas des actions qu'il accomplit, quand bien même celles-ci seraient d'une bravoure insensée. Chacun de ses mots est marqué par la politesse, mais aussi par la fermeté.

La bienveillance, encore. Athos est le cœur le plus généreux de tous ; il croit en de nobles principes, et peu lui importe que l'adversaire, quant à lui, soit un traître. Il n'aime pas les chausse-trappes, les faux-semblants ou les entourloupes. Il est le seul des quatre mousquetaires à avoir un fils. Il se trouve qu'il est également le seul à pouvoir offrir à un enfant une éducation équilibrée,

---

7. Les valets des quatre mousquetaires sont la caricature de leurs maîtres : Planchet, le valet de d'Artagnan, est malin et opportuniste, Grimaud, celui d'Athos, taciturne et efficace, Mousqueton, celui de Porthos, gras et snob, Bazin, celui d'Aramis, onctueux et faux. Au-delà de l'effet littéraire, encore la valeur de l'exemple.

qui fera de Raoul de Bragelonne un héros entièrement positif[8]. Son amour de père, affectueux, inquiet, mais aussi sévère et sans concession, le fera mourir de chagrin quand il apprendra la mort de Bragelonne. La grandeur, en effet, ne prend pas racine dans les cœurs secs.

La liberté, enfin. Son aisance à n'être que ce qu'il est, mais à l'être totalement, donne à Athos une totale liberté. Quand d'Artagnan, à la fin des *Trois mousquetaires*, propose à son ami de lui donner son propre brevet de lieutenant, remis par Richelieu, Athos répond tranquillement : « Pour Athos, c'est trop ; pour le comte de La Fère, c'est trop peu. » Les satisfactions visibles n'ont pour lui aucun intérêt. À la fin de *Vingt ans après*, encore, il est le seul des quatre compagnons qui ne demande rien à Anne d'Autriche. La reine s'en étonne : « Il y a donc un homme qui, pouvant demander, ne demande pas. » D'Artagnan s'empresse de préciser que le comte de La Fère n'est « pas un homme, [mais] un demi-dieu ». Toujours cet idéal impossible à atteindre.

Les quatre mousquetaires sont unanimement d'accord pour regretter le caractère méprisable de certains de leurs chefs. Bien que jadis opposés à Richelieu, ils le préfèrent à Mazarin, mesquin, avare et lâche. Ils ont besoin, comme tous les subordonnés, d'admirer pour obéir avec enthousiasme. Le principe de l'État leur est plus important que la légitimité variable de leurs maîtres.

---

8. Ce qui le rend un peu ennuyeux, comme le constatera avec humour Paul Morand dans *Monplaisir... en littérature* (Gallimard, 1967).

Les leçons de grandeur de la chevalerie
et du comte de La Fère peuvent être comprises
comme suit

Vivre ses principes pour soi. Les règles simples de la chevalerie sont sociales (magnificence, générosité, loyauté) mais elles sont aussi individuelles. La figure du chevalier errant, qui n'est responsable de ses actes que face à lui-même et face à Dieu, en témoigne. Chaque occasion individuelle vaut cent obligations de représentation. Pour le dire avec une phrase de Napoléon, « le vrai courage, c'est celui de trois heures du matin ». Le dernier « notateur », comme on dit dans l'armée, n'est pas un général ou un ministre : c'est le regard d'un homme dans son miroir.

Métier d'excessifs. La vraie grandeur ne regarde pas à la dépense, sous quelque forme que ce soit. Elle ne s'en vante pas pour autant. C'est simplement ce qui doit être fait : donner l'exemple en s'engageant entièrement, en faisant de ses actes le prolongement de sa parole. Dépenser et se dépenser avec magnificence, sans calcul de court ou de moyen terme, de profit personnel ou financier, de carrière. Vivre avec passion, parce qu'un métier de vie et de mort est, par construction, un métier d'excessifs[9].

9. On se souviendra peut-être de la remarque que fait le personnage du colonel Kurtz dans *Apocalypse now* de Francis Ford Coppola (1979), au sujet de l'hypocrisie des états-majors : « On confie à des jeunes gens le pouvoir de délivrer le feu du ciel et on leur interdit d'écrire le mot *fuck* sur leurs avions ? Et pourquoi ? Parce

Se mettre à la portée, ne jamais se mettre au niveau : ce qui est grand est simple. Aucune situation n'est petite, aucune conversation indigne, aucun interlocuteur négligeable. Un chef distant n'est jamais grand. La grandeur n'est pas la hauteur : la seule distinction qui vaille consiste à se mettre à la portée (se rendre compréhensible, s'acquitter des petites choses, parler à chacun simplement) sans se mettre au niveau (prendre les défauts des autres, tomber dans la démagogie ou la comédie, changer son comportement).

Ne pas être irréprochable : être exemplaire. Si les héros de Dumas, ou même les chevaliers, nous parlent encore, c'est parce qu'ils ont leur lot de défauts bien humains. Personne, aucun chef, n'est irréprochable. C'est un combat vain, dont le résultat donne une figure amidonnée et artificielle – l'inverse d'un chef. Plus intéressante et plus importante est la quête de l'exemplarité. Être un exemple, donner envie d'être suivi, sans cacher aucun de ses défauts, voilà un objectif bien plus honnête et bien plus important que celui de correspondre à tel ou tel manuel d'ordre serré. Ce que les soldats suivent, c'est une personne : pas le décalque malhabile d'un modèle.

La grandeur est la marque de toute une vie, en et hors service. Suite logique de la remarque précédente, une personnalité exemplaire doit être admirable. Tous les

---

que c'est obscène ? » La préparation et la conduite de la guerre sont des activités extrêmes, qui font appel à des passions extrêmes. Canaliser ces comportements sans essayer de les faire disparaître est une des formes de sagesse propres à ce « métier d'excessifs ».

subordonnés, les « collaborateurs », ont besoin d'admirer leur chef. Ce besoin se manifeste de façon moderne et répugnante dans le goût actuel pour les reportages *people* sur les hommes politiques. Cependant, il n'est pas mauvais en soi : la France est un pays monarchique, attaché à l'idée de prestige de la vie personnelle, et ce trait ne disparaîtra pas. La personne du chef doit avoir une vie dont le rayonnement, la grandeur, l'exemplarité passent les bornes de la caserne ou du bureau : le chef est aussi un père, un époux, un fils, un ami, un citoyen – et doit viser l'excellence partout.

Les privilèges vont avec les responsabilités. Ils sont bons en soi. Si un chef exerce des responsabilités importantes et ne reçoit aucune marque particulière de respect, il ne donne pas envie à ses subordonnés de s'élever : à vie égale, mieux vaut, pour la plupart des gens, le confort que donne l'insouciance. Par conséquent, les « privilèges » (honneurs, voiture, médailles, logements etc.), considérés à tort comme une survivance inégalitaire, sont au contraire le symbole de ce qui est offert à qui veut s'en donner les moyens. À l'inverse, avoir plus de contraintes sans avoir plus de prérogatives ne donne envie à personne de faire la preuve de son mérite. Un privilège n'est cependant pas un passe-droit : c'est au chef de montrer qu'il est *au milieu* des autres sans cesser d'être *au-dessus*, et surtout inversement.

Loin du « ventre mou »

On peut faire un certain nombre de reproches, la plupart justifiés, à la carrière et à la personne du général de Gaulle. Chef militaire volontiers hautain et cassant, doté d'ambitions politiques qui le poussèrent à prendre contact, d'une manière opportuniste, avec tous les chefs du moment pour essayer de se faire valoir, ingrat envers le maréchal Pétain auquel il devait énormément[10], sans états d'âme pour incarner seul la Résistance française face à d'autres héros moins politiques, duplice avec les pieds-noirs, impitoyable avec les harkis... La liste est longue et juste.

Il est en tout cas une chose qu'on ne peut pas lui enlever : Charles de Gaulle, du fait sans doute qu'il s'était toujours fait « une certaine idée de la France », incarna la grandeur à l'époque contemporaine. Il lui donna même le nom de sa politique régalienne.

Une clé de compréhension de son extraordinaire destin est livrée par la lecture du *Fil de l'épée* (1932). Dans cet ouvrage, qui fait toujours référence aujourd'hui[11], il commence par constater le caractère indispensable de la force comme complément de l'idéologie. Il affirme que la guerre, qui exprime cette force, est tributaire de la

10. Le colonel Pétain fut le chef de corps du lieutenant de Gaulle, lors de sa première affectation en 1912, au 33e régiment d'infanterie, à Arras. Ils restèrent amis proches jusqu'en 1940. Pétain est notamment intervenu auprès de l'École de guerre pour que les notations de de Gaulle soient revues à la hausse, tandis que de Gaulle a dédicacé *Le fil de l'épée* au maréchal Pétain.

11. *Le Fil de l'épée* est au programme de l'École de guerre depuis 2019.

contingence : donc l'intelligence, qui aime les schémas, ne suffit pas à embrasser cette complexité. De Gaulle préconise alors de s'appuyer sur l'instinct et l'autorité, qui sont des qualités de caractère.

Ce caractère, poursuit-il, se rencontre chez l'homme qui prend de lourdes responsabilités et ne recourt qu'à lui-même dans l'adversité. Le poids de ces responsabilités rend l'homme de caractère distant, ce qui lui donne de l'autorité car, selon sa célèbre phrase, « l'autorité ne va pas sans prestige, ni le prestige sans éloignement ».

Définissant enfin ce qu'est le prestige, de Gaulle constate qu'il est désormais le seul ressort du commandement, dans un monde où il n'y a plus de respect pour la fonction – ce que Pascal appellerait des « grandeurs d'établissement », mais où c'est la valeur de l'individu qui conditionne son autorité. Pour acquérir du prestige, il prescrit le mystère et le silence, mais insiste pour finir sur la nécessité de « grands hommes » : « on ne fait rien sans de grands hommes et ceux-ci le sont pour l'avoir voulu ».

De Gaulle fut grand parce qu'il l'avait voulu, depuis l'âge de quinze ans où, se rêvant déjà général, il écrivit un texte dans lequel il s'imaginait sauvant la France. Il prit soin de se tenir toujours loin du « ventre mou » de la courbe de Gauss, celui des élèves moyens. Entré mal classé à Saint-Cyr, il en sort dans les premiers. Détesté ou adulé par ceux qui le côtoyèrent, il déchaîne encore aujourd'hui les passions. Il a incarné au plus haut degré ce malicieux dicton militaire anglo-saxon : *Be the one they talk about.*

Le général de Gaulle préféra avoir un destin qu'une carrière. Ce n'était pas un fort en thème comme Gamelin, détruit par l'impact avec la réalité de la guerre. Ce n'était pas non plus un chef de guerre brillant comme Leclerc. Il fut l'architecte de sa propre grandeur et de celle de son pays : par sa vision politique et ses très grandes qualités oratoires et littéraires, il a permis à la France, parfois au prix de la mauvaise foi[12], de renaître de ses cendres sans devenir une colonie américaine, écrasée par la honte d'une défaite totale.

12. En 1969, le cinéaste Max Ophüls réalisa un documentaire magistral sur la France pendant la Seconde Guerre mondiale, *Le chagrin et la pitié*. Il y donnait la parole à toutes sortes d'acteurs de la guerre, dans tous les camps sans distinction. Il en ressortait notamment que la Résistance était le fait d'une infime poignée de Français, que la collaboration n'était pas uniquement la reptation devant l'occupant et que la majorité du pays, d'abord pétainiste puis gaulliste, avait attendu, tant bien que mal, que les choses se terminent, en subissant les exactions des Allemands et des résistants. De Gaulle fit interdire le film. Ophüls se rendit à Colombey-les-Deux-Églises pour demander des explications, et rappela au chef de l'État qu'il ne faisait que décrire la vérité. La réponse du général de Gaulle fut sans ambiguïté : « La France n'a pas besoin de vérité, elle a besoin d'espoir. »

Au moins deux idées peuvent être tirées de l'exemple du général de Gaulle

Savoir parler, savoir écrire - indispensable pour savoir commander[13]. Il n'est pas question ici de parler à des soldats le lundi matin aux couleurs, ou d'écrire des notes de service. De Gaulle parlait sans notes, en conférence de presse, devant une centaine de journalistes, de sujets qu'il avait préparés à fond. Il écrivait une prose très française, au rythme ternaire, pleine de sobriété et ne détestant pas certains archaïsmes. Sans aller jusque-là : parler sans notes et captiver un auditoire ; écrire un français pur et fluide, débarrassé des tics de langage de l'époque, sont deux choses indispensables pour tenir son rang comme officier.

Refuser d'être dans la moyenne. L'ennemi n'est pas l'échec mais l'indifférence, l'acédie ; avoir une « carrière correcte » et s'en contenter est pire que d'avoir « un parcours en dents de scie » et d'en sourire. La courbe de Gauss est un vortex, il ne faut surtout pas être au centre : sinon, on est comme tout le monde. Au centre (au bien nommé « milieu de nulle part »), les places sont chères, les perspectives bouchées. On devient mauvais quand on se

13. Trois pistes pour progresser : copier à la main des textes de grands auteurs français (*cf.* chapitre « Aika »), auxquels on peut ajouter certains poètes (Hugo, Baudelaire, Saint-John Perse, Claudel, Péguy par exemple) ; improviser ses discours à partir de quelques mots ; garder en tête trois notions de base pour un discours oral : être rapide, être brillant, dire l'essentiel (et, si possible, être drôle).

concentre sur ce qu'on va faire de sa solde, plus que sur ce qu'on va faire de sa vie. L'armée recrute des chefs qui sortent du lot, et même, pour les deux tiers d'entre eux, qui sortent du rang. De tels individus, par construction, ne feront pas partie de la masse. Ils ne rentrent dans un moule, pour certains, que par commodité ou pour y gagner un petit privilège personnel (séjour, notation, avancement...). De tels calculs n'ont pas d'intérêt.

GROOVE

When the band plays fast, you play slow;
when the band plays slow, you play fast[1].
MILES DAVIS

Fugace et pourtant indéniable, le *groove*, terme forgé par le jazz, est l'utilisation du rythme et de son décalage pour donner l'envie de scander une poésie, de battre la mesure, de danser - en un mot, de suivre un *tempo* qui donne l'impression d'avancer, de prendre l'initiative, parce qu'il se pose volontairement en dehors de ce qui est attendu.

Le bref et le long

L'art vivant - on dit aujourd'hui le « spectacle vivant » - est par essence portatif. L'artiste s'installe sur une scène

1. « Quand l'orchestre joue vite, tu joues lentement. Quand l'orchestre joue lentement, tu joues vite. »

de fortune, accorde ses instruments ou obtient naturellement le silence. Le public, déjà captivé, devient attentif – et voici que s'opère, quel qu'en soit le lieu, le miracle d'un accord entre les mots et les images, les sons et les sentiments : c'est ainsi que la musique, le théâtre, le chant, le conte ou la poésie déclamée suspendent la banalité des phrases et des bruits, et, par l'harmonie et le rythme, changent l'air ambiant en beauté.

Cet art portatif, pour pouvoir être répété à volonté et sans préparation préalable, demande deux choses : il doit pouvoir être mémorisé par le conteur, l'acteur, le poète ou le chanteur ; il doit permettre aux musiciens de retomber sur des rythmes communs et, dans le cas du jazz par exemple, sur une grille d'accords établie[2]. Ces impératifs remontent très vraisemblablement à la plus haute Antiquité.

Si la musique antique nous est mal connue, la poésie grecque classique, elle, est parvenue jusqu'à nous à des millénaires de distance, et a irrigué toutes les productions qui l'ont suivie. L'*Iliade* et l'*Odyssée* d'Homère ont ainsi littéralement inventé certains lieux communs, comme les adieux du guerrier à sa famille. Dans l'*Iliade*, quand Priam part à la guerre, il fait ses adieux à son épouse et tend les bras à son fils. Mais, parce que le guerrier est coiffé de son casque, l'enfant a peur ; alors, dit Homère avec une bouleversante justesse, son père,

2. Une *jam session*, un « bœuf » dans l'argot musical français, ne procède pas autrement. Des jazzmen qui n'ont pas répété au préalable (et n'ont parfois jamais joué ensemble) se mettent d'accord pour jouer un standard dont ils connaissent tous les accords et la construction, puis improvisent chacun à leur tour.

très ému mais aussi amusé, ôte son casque et le prend dans ses bras « avec un rire en larmes ».

Les œuvres d'Homère ont aussi inventé certains procédés narratifs, comme le *flashback* : au début de l'*Odyssée*, Ulysse s'échoue sur les côtes de Phéacie. Il est recueilli sur la plage par Nausicaa, la fille du roi, et ses suivantes. Invité au palais, il écoute un poète faire le récit de la guerre de Troie, et fond en larmes en se remémorant le décès de ses frères d'armes. Quand on le prie d'expliquer la cause de sa tristesse, il raconte tout ce qui lui est arrivé dans les années précédentes – et qui est la matière des chants suivants.

L'aède[3] est également capable de descriptions très justes et sans manichéisme. Ses héros ont des défauts bien humains : Achille, vif et puissant, est aussi colérique et capable d'une rage aveugle ; Hélène, l'épouse infidèle du roi spartiate Ménélas, est soumise à l'attraction sexuelle de Pâris, le berger troyen, mais le méprise profondément et continue d'admirer la vaillance de son mari ; Ulysse, roi de la petite île d'Ithaque et héros de l'*Odyssée*, tente de se faire passer pour fou afin de ne pas abandonner sa famille. Plus tard, le même Ulysse mettra dix ans à revenir chez lui : il est resté sept ans auprès de la nymphe Calypso, sa maîtresse, sans cesser de penser à sa femme Pénélope et à son foyer.

3. Nom donné aux poètes grecs en général, et à Homère en particulier. Le nom « aède » vient du verbe *aidein*, et veut dire littéralement « celui qui chante », ou peut-être, dans une forme plus archaïque, « celui qui voit ». Ce double sens est intéressant : l'aède chante, mais aussi voit ce que les autres ne voient pas – d'autant plus qu'Homère, dans la tradition, était réputé aveugle.

Dans leurs enthousiasmes, leurs petitesses, leurs qualités et leurs défauts, les héros d'Homère sont bien plus fins et réalistes, bien plus compréhensibles et attachants que ceux de n'importe quel *blockbuster* commercial. Leur héroïsme n'en est que plus crédible et plus exemplaire.

Ces concepts, procédés et personnages, dont l'acuité et la puissance sont déjà en elles-mêmes géniales, sont enfin portés par une manière d'écrire. Le grec d'Homère est archaïque, ses constructions peuvent être élidées ou au contraire alambiquées, il peut garder des formes anciennes ou même inventer des mots[4] ; il attribue à chacun de ses personnages un adjectif qui le caractérise[5] (« Ulysse aux mille ruses », « Athéna aux yeux pers »), et que l'on appellera épithète homérique. Pour raviver sans cesse l'intérêt du public, Homère psalmodie ses vers en utilisant une alternance de syllabes brèves et longues. Il se sert notamment, pour cela, de la présence de voyelles brèves et de voyelles longues dans la langue grecque, mais n'hésite pas non plus à alterner lui-même les orthographes ou la phonétique de certains mots (langue classique, archaïque ou même régionale) pour suivre la contrainte du « mètre ». Ce mètre, en l'occurrence, c'est l'hexamètre dactylique. Sa composition est

4. Certains mots n'existent qu'à une occasion dans les œuvres d'Homère et sont par conséquent intraduisibles avec exactitude. Ils portent le nom d'*hapax*.

5. On peut noter que ce procédé (associer un motif récurrent à un personnage) sera repris par Wagner, au XIXe siècle, dans sa tétralogie : le compositeur inventera le *leitmotiv*, une séquence musicale différente pour chaque protagoniste, qui l'accompagne quand il entre en scène. On peut retrouver une forme de ce procédé dans le conte musical bien connu de Prokofiev, *Pierre et le loup* (1936).

inscrite dans son nom : six séquences (*hexa*) dont chacune ressemble à la répartition des phalanges d'un doigt (*dactylique*), soit une syllabe longue, deux brèves.

Avec cette alternance de brèves et de longues, les mots peuvent suivre le cours de la narration ; le poète, dont le langage est porté par ce rythme très malléable, peut rendre ses vers fracassants comme le chaos d'une bataille, ondoyants comme les pleins et les déliés d'un discours amoureux, plaintifs comme les larmes du deuil, sages et graves comme les leçons des anciens ; il peut créer l'impression de l'action, quelle qu'elle soit, en s'appuyant sur les contrastes, les « mouvements de terrain » de la langue. Bref, Homère, parce qu'il est le plus connu des aèdes, est peut-être l'inventeur du *groove*.

La poésie latine utilisera les mêmes mètres que la poésie grecque, et l'hexamètre dactylique, à nouveau, s'y taillera la part la plus importante. En rhétorique comme en poésie latines, les suspensions et accélérations ont autant d'importance que les effets de style. L'alternance entre le plein et le vide, entre le minimalisme et la saturation, l'effet inattendu, l'aphorisme qui claque au terme d'une longue période, permettent de garder l'attention tout autant que de convaincre.

Les années, puis les siècles passent. L'héritage classique devient celui de l'Occident chrétien ; la métrique change de forme, mais ne change pas dans le fond. Les hexamètres dactyliques se font plus rares, tandis que de nouvelles formes poétiques émergent, dont le rythme s'accorde à celui des diverses langues d'Europe : en France, ce seront les vers de huit (octosyllabes), dix (décasyllabes) ou douze pieds (alexandrins). Avec l'essor de la poésie française au XVIe siècle, le décasyllabe se retrouve chez Villon ou Marot, l'octosyllabe et l'alexandrin chez Ronsard ou du Bellay. Leur prosodie est, encore aujourd'hui, sensible de manière caricaturale chez les enfants qui récitent leur leçon ; en français, les dernières syllabes riment par paires, selon diverses configurations.

En Angleterre, William Shakespeare s'approprie le pentamètre iambique : cinq séquences comportant chacune une brève puis une longue. Avec ce mètre, dont les flexions se ploient et se déploient selon le jeu de l'accentuation anglaise, Shakespeare peint la traîtrise, le pouvoir, l'amour, l'intrigue, l'ambition. Contrairement au français, le pentamètre de Shakespeare ne rime pas systématiquement. Le rythme, plus sensible qu'en français, s'y suffit à lui-même, notamment dans son théâtre.

En faisant danser les mots sur les courbes de chaque langue, les poètes saisissent ainsi instinctivement les notions de décalage, de rebond et de surprise qui, des siècles plus tard, seront au cœur du *groove*.

A tempo rubato

Quand le jazz voit le jour puis se fait connaître du grand public, il apporte, comme tout nouveau courant, son propre argot, ses propres termes, son monde intérieur. Parmi ces termes, le mot *groove*, qui signifie littéralement « sillon ». Les explications de l'origine de ce terme sont nombreuses. On peut par exemple considérer que l'effet d'entraînement est créé par la syncope, laquelle consiste à jouer « au fond » du temps, juste avant que le musicien ne soit en retard sur la section rythmique, donc au fond du « sillon »[6]. Il s'agit en tout cas d'une appropriation du rythme : alors que les musiciens classiques, pour « chevaucher » les mesures, ne pouvaient s'appuyer que sur les subtilités de la musique notée (les soupirs ou les triolets, par exemple), les jazzmen, qui n'ont pour main courante que les grilles d'accords et la ligne mélodique du thème, sont encouragés à s'affranchir des contraintes.

Si tous les jazzmen créent un certain déséquilibre en jouant autour de la section rythmique (avant ou après la pulsation), certains en feront une marque de fabrique : c'est par exemple le cas du pianiste Errol Garner, dont les deux mains étaient en décalage permanent d'un quart de temps, créant ainsi une syncope dans une musique déjà syncopée. Le *groove*, à la différence du swing qui a besoin d'un orchestre dans lequel les instruments se répondent par grands ensembles, ménage ses effets et n'a pas besoin d'une débauche de moyens. Ainsi en est-il du morceau *Blue Train*, sur l'album éponyme de John Coltrane (1957), morceau lent et minimaliste, que l'auteur des notes de pochette qualifiera très justement de « blues inquiétant au *groove* puissant ». Il a suffi à Coltrane d'une personnalité suffisamment forte pour jouer en

6. En musique classique, le fait de jouer la note exactement sur le temps, ou plus « au fond » est l'une des distinctions (parfois un peu artificielles) entre le « son français » d'un orchestre (précis, sec, lumineux) et le « son allemand » (plus gras, touffu, plus « au fond » du temps).

permanence en dehors de l'axe, pour que la voix de la mélodie soit, par construction, en décalage par rapport au rythme, et son morceau, bien qu'il ne soit pas du tout fait pour danser, donne envie de marquer le *tempo*.

On peut objecter que les jazzmen n'ont pas inventé ce décalage, qui existait déjà dans le mouvement romantique sous le nom de *tempo rubato* (temps volé). Cette indication sur la partition permettait à l'instrumentiste, le plus souvent un pianiste, d'exprimer ses états d'âme en sautant par-dessus les mesures ou en retardant légèrement son jeu. Caractéristique des œuvres de Liszt ou Chopin[7], le *tempo rubato* peut cependant tomber rapidement, comme tant de traits romantiques, dans la boursouflure ou le mauvais goût, car il ne consiste qu'à avancer ou retarder, avec plus ou moins d'affectation, des notes qui sont déjà écrites. Et surtout, il n'y a pas de *groove* dans la musique romantique, qui ne donne pas l'irrésistible envie de suivre le rythme.

Le jazz, qui est la matrice de toutes les musiques qui l'ont suivi (rock, funk, soul, rap notamment), apportera ce décalage hypnotique à nombre de titres célèbres : il y a du *groove* dans *Back in Black* d'AC/DC, dans le mouvement de charge de la guitare au début de *Creep* de Radiohead, dans l'« instru » de *L'école du micro d'argent* d'IAM par exemple. Il y a également un usage évident et quasi exclusif du *groove* dans le phrasé de James Brown dans les années 1970, ou encore dans les orchestrations de Chic ou de Shalamar dans les années 1980. À propos

7. On peut écouter, pour Liszt, *Rêve d'amour n°3* (1850) par exemple.

de musique populaire, il n'est pas indifférent qu'un jazzman historique comme Quincy Jones, trompettiste de grand talent, ait apporté son concours à Michael Jackson pour ses premiers albums. Il produira ainsi *Off the Wall* (1979) et surtout *Thriller* (1982), qui sera l'album le plus vendu de tous les temps.

La deuxième chanson de cet album, *Billie Jean*, est peut-être, d'ailleurs, l'exemple le plus parlant d'un *groove* surpuissant dans la musique contemporaine. La basse (une *walking bass*, c'est-à-dire une ligne de basse qui a une mélodie propre et donne l'impression de « marcher ») et le clavier se répondent, avec un temps de décalage scandé par la batterie. Le chant n'a pas encore commencé que l'auditeur bat déjà la mesure, instinctivement. La structure harmonique est voisine de celle du blues, à ceci près que le rythme rapide, la ligne de basse et le clavier (qui ne joue que lorsque la basse joue la tonique)[8] donnent l'impression d'une musique qui avance. Ce brillant tour d'illusionnisme musical correspond d'ailleurs, pour l'anecdote, à la popularisation du *moonwalk*, exécuté en public par Michael Jackson sur *Billie Jean* lors d'un concert en 1983, et qui, lui aussi, donne l'impression d'un mouvement qui n'existe pas[9].

---

8. La tonique est la première note d'une gamme, celle qui la « commande » et lui donne son nom (le fa est la tonique de la gamme de fa par exemple).

9. Ce mouvement existait depuis longtemps : son origine ne peut être tracée avec certitude, mais Charlie Chaplin exécute un *moonwalk* dans *Les temps modernes* (1936), de même que le chanteur de jazz Cab Calloway, dans les années 1930. Pour les amateurs de jazz et de blues, on reverra Cab Calloway dans le film *The Blues Brothers* (1980), où il interprète le standard *Minnie The Moocher*.

De la syncope comme mode d'action

Naturellement, l'usage du décalage pour créer le rythme n'est pas propre à la musique. On peut ainsi analyser un certain nombre d'évènements historiques, souvent regroupés sous les vocables de « surprise stratégique » ou d'« imprévu dans l'histoire »[10], à la lumière du *groove*. Ces évènements peuvent effectivement être imprévus, mais ils peuvent aussi être dus à la saisie de l'initiative par l'esprit d'un chef. Celui-ci, en « faisant autrement », joue dans les intervalles, brise les carcans doctrinaux, impose son rythme et permet finalement d'emporter la décision.

En 1929, André Maginot, héros de la Première Guerre mondiale, est ministre de la Guerre[11] ; dans un pays traumatisé par la guerre de position, il fait voter les crédits nécessaires à une ligne de fortifications protégeant les frontières de l'est de la France. La « Ligne Maginot » sera construite dans l'optique de faire face à une nouvelle invasion allemande. Politiques et militaires français suivent ainsi le rythme de la guerre précédente.

Pendant ce temps, Heinz Guderian, un officier allemand qui a servi dans les blindés, les transmissions et en état-major, a eu une autre idée. Il a scrupuleusement étudié les leçons de la Première Guerre mondiale ; parlant couramment anglais et français, il a également fait

10. Expression due à l'écrivain et historien Dominique Venner (1935-2013).

11. Il était sous-secrétaire d'État au même ministère avant 1914 ; engagé comme simple soldat, il sera blessé et promu sergent.

traduire les ouvrages de Liddell Hart en allemand. De ses expériences personnelles et de ses études tactiques, il a retenu quelques leçons : pour lui, ce qui emportera la décision à l'avenir n'est pas l'affrontement de deux ennemis plus ou moins statiques, mais au contraire la percée foudroyante et audacieuse des blindés dans les intervalles, avec l'appui de l'aviation. Il théorisera cette idée dans son ouvrage *Achtung Panzer!* (1936). Guderian n'est pas à proprement parler l'inventeur du terme *Blitzkrieg* (guerre éclair)[12] mais il mettra en œuvre ce concept. Plus généralement, pour l'état-major allemand, dans les années 1930, la concentration des efforts consiste à forcer un *Schwerpunkt* (point dur) en y engageant des unités d'élite et des chars, puis à exploiter cette percée en faisant réduire le dispositif ennemi, complètement désorganisé, par les unités d'infanterie du deuxième échelon.

En mai 1940, tandis que les Français avaient confié leur défense au chapelet de forteresses de la ligne Maginot, en négligeant les Ardennes réputées infranchissables, l'armée allemande attaque précisément par la forêt ardennaise. Malgré l'indécision des combats jusqu'à la fin, la « drôle de guerre » désorganise complètement le dispositif français et permet à l'Allemagne de remporter la victoire très rapidement.

L'état-major allemand a ainsi mis en œuvre, dans le domaine tactique, la syncope du rythme, jouant « fort »

12. Ce terme vient d'un article paru en 1935 dans la revue *Deutsche Wehr*, et sera popularisé par *Time Magazine* en 1939, lors de l'invasion de la Pologne.

sur les temps « faibles », et imposant ainsi son propre rythme, son *groove*.

À l'issue de la Seconde Guerre mondiale, un nouvel ennemi apparaît avec les conflits coloniaux : celui de la guerre subversive. À la différence des affrontements entre États, les guerres d'Indochine puis d'Algérie opposent une armée française puissante mais monolithique à un adversaire vif, perfide, qui joue sur tous les tableaux. Les adversaires indochinois ou algériens se mêlent à la population, terrorisent les civils, provoquent la répression pour susciter l'exaspération des peuples colonisés[13]. Seuls les parachutistes, pendant la bataille d'Alger, en quadrillant méthodiquement la ville et en réprimant impitoyablement les terroristes, obtiendront une victoire militaire. Cependant, la guerre est devenue plus totale que jamais et se joue également dans le champ des perceptions : aussi, en Algérie, l'indépendance politique sera-t-elle accordée par le pouvoir malgré la défaite militaire du FLN.

En somme, ce rapport du « fort au faible », qui est celui des guerres asymétriques, est également celui de l'instrumentiste de jazz face à une section rythmique prévisible. En s'appuyant sur le cadre du couple basse-batterie, en jouant contre lui sur ses « temps faibles », c'est le pianiste, le saxophoniste ou le trompettiste qui impose son rythme. Créant le *groove*, il triomphe hors du cadre, précisément parce qu'il y a un cadre.

---

13. Roger Mucchielli théorisera ce cycle de la manière suivante : attentats-répression-opposition populaire-répression plus forte-soulèvement (*La subversion*, Bordas, 1971).

Extrême équilibre

Ce qui vaut pour le jazz ou la guerre n'est pas moins pertinent à l'échelle d'une vie. L'alternance féconde entre parole et silence, action et inertie, ascèse et excès, adversité et confort, a été théorisée à plusieurs reprises comme l'une des recettes d'une vie accomplie. Les récents ouvrages du penseur libanais Nassim Nicholas Taleb, comme *Antifragile* (2013), en sont une des illustrations les plus proches de nous. Taleb présente l'« antifragilité » comme la capacité, non à résister à l'adversité, mais à être renforcé par elle. Pour cela, des conditions de vie très variées (sport, alimentation, travail etc.), une alternance entre décisions sages et audace absolue, l'absence d'un cadre normatif et rassurant, permettent de développer la faculté d'adaptation.

Au XXe siècle, le « principe de Pareto », appelé ainsi par association à une loi économétrique découverte par l'Italien Vilfredo Pareto, revenait, lui, à considérer que 20 % des causes produisaient 80 % des effets. Cette loi éminemment empirique se vérifie dans un grand nombre de situations, sans pouvoir être pour autant érigée en théorème. En d'autres termes, c'est l'extrême qui produit l'équilibre, et c'est la minorité qui conditionne le développement de la norme.

Les travaux de Taleb insistent à leur tour sur l'« Extrémistan », un état social où ce sont les cas extrêmes, les limites du cadre ou les « cygnes noirs », c'est-à-dire les évènements imprévisibles, qui produisent les effets de levier les plus puissants (en économie par exemple). Cet Extrémistan est opposé au « Médiocristan », celui des courbes de poids ou de taille, sur le modèle gaussien, où la présence d'une statistique remarquable n'aura presque pas d'influence sur le point moyen de la courbe.

Si l'on prend pour exemple les travaux de Taleb ou ceux des continuateurs de Pareto, on comprend que c'est le décalage, le *groove*, qui est nécessaire à l'existence d'une harmonie (et à l'harmonie d'une existence), et que c'est l'exception qui permet à la règle, dans la vie d'un individu ou à l'échelle d'une société, de survivre ou d'évoluer. Cet état de fait n'est d'ailleurs pas toujours employé pour le meilleur. Dans la vie d'un contribuable au sein d'une démocratie occidentale, par exemple, tout est moyen : transports, confort, sécurité, horaires de travail, vacances, histoires d'amour, bonheur, famille, argent, etc. Seules des *success stories* sur papier glacé et l'existence d'une classe sociale en déshérence absolue permettent à l'individu médiocre de supporter la nullité étouffante de ses choix de vie.

Corollaire de la puissance du *groove*, c'est le décalage qui s'entend le plus au sein d'une formation musicale, et qui lui donne le rythme du morceau : c'est toujours la minorité fanatique et audacieuse qui gagne sur la majorité silencieuse et repue. Faut-il encore que cette minorité fasse entendre sa pulsation propre – et que son fanatisme aille vers le Souverain Bien.

Qui ose gagne. C'est celui qui prend l'initiative et qui frappe le premier, avec un maximum de choc et d'audace, qui l'emporte. Cette devise, qui est celle des SAS britanniques (*Who dares wins*) et du 1er RPIMa français, résume bien à quoi tient la victoire. Cette audace prend également appui sur l'indécision de l'adversaire ou des autres chaînes de commandement. Il faut prendre garde à ne pas passer du côté attentiste de l'audace.

Imposer son tempo. Ce qui crée le rythme, c'est le décalage. Les incantations modernes à penser « différemment » au sein d'une organisation, c'est-à-dire avec la même fausse originalité que tout le monde, ne sont qu'une autre manière de jouer à l'unisson. Décalage de rythme, mais accord harmonique : un équilibre subtil. Cette idée vaut également pour la tactique, qui est l'art de créer le vide pour frapper l'ennemi là où il s'attend à trouver un temps faible.

Créer la scansion. L'art de commander ne se met pas en équation : il est fait de reprises quotidiennes, d'erreurs, d'adaptations au cas par cas. Toutefois, la personne du chef, sa façon de mettre les choses en mouvement, doit donner un rythme irrépressible, vigoureux – et cependant immuable (toujours la même métrique, la même patte, pour scander des propos ou des actes différents).

Dans les 20 %. Dans toute structure, 20 % des causes ou des acteurs produisent 80 % des effets. Il faut donc faire partie de ces 20 % qui agissent au sein de la communauté où nous sommes placés, qui pèsent à leur façon sur le cours des choses. La plupart du temps, ce sont les minorités fanatiques – au meilleur sens du terme, celui qui implique des convictions solides et profondes, et la volonté de faire accepter ses vues.

Vivre comme un fauve. Le guépard, le lion, chassent avec fulgurance – ou se reposent des heures entières. Quand il y a un enjeu d'importance, les choses méritent d'être faites à fond. Quand il n'y a rien à faire, il faut prendre du plaisir à ne rien faire, ou faire autre chose. Le présentéisme est une maladie de petits employés inquiets. L'expression, tirée du Code du soldat, qui demande aux militaires d'être disponibles « en tout temps, en tout lieu », exclut par construction l'existence d'horaires de travail ou de contrôle de la présence. S'il y a un besoin réel, le soldat annule ses congés, se relève à deux heures du matin ou traverse la France dans la journée. S'il n'y a besoin de rien, il peut partir dès que les ordres du lendemain sont donnés.

LEVENTEIA

Vin qui pétille, femme gentille,
Sous tes baisers brûlants d'amour ;
Plaisir, bataille, vive la canaille !
Je bois, je chante et je tue tour à tour.
LE FORBAN, chant traditionnel français.

Associée au soleil de la Méditerranée et au nomadisme, à l'insouciance et à l'enthousiasme, au courage et à la vitalité, la *leventeia*, en grec moderne, signe et caractérise une disposition d'esprit bien particulière : le goût de l'aventure et du danger, la générosité et la camaraderie – bref, l'intensité et la qualité de la vie.

Le *Grand Tour* et les pirates

À partir du XVIIe siècle[14], les jeunes gens de l'aristocratie européenne, principalement britannique, passaient un

14. La tradition existait en fait déjà au XVIe siècle, quoiqu'elle fût moins formalisée : il pouvait s'agir d'un voyage initiatique ou d'une *peregrinatio academica*, qui consistait pour un étudiant à voyager dans des universités européennes différentes pour y

an, quelquefois plus, à parcourir l'Europe, et notamment le bassin méditerranéen, sur les traces de l'Antiquité. Paris, Amsterdam, Berlin, Venise, puis Rome, Athènes ; la douceur de vivre au bord de la mer, les vestiges des civilisations gigantesques qui façonnèrent l'Europe ; un détour par Jérusalem, puis le Levant ; parfois, un retour par l'Égypte, la Libye et le Maghreb. Partis pleins de rêves et de certitudes juvéniles, ils en revenaient avec des images pour appuyer leurs connaissances, des souvenirs pour nourrir leur réflexion, l'esprit plus large et plus libre. On appela cela le *Grand Tour.*

Cette notion entra dans l'inconscient collectif de l'élite européenne. Sans Grand Tour, il n'y aurait peut-être pas eu la spectaculaire mobilisation des écrivains qui allèrent lutter, l'arme à la main, pour l'indépendance de la Grèce contre l'Empire ottoman (1821-1832), après quatre siècles d'une humiliante domination. Il n'y aurait pas eu l'*Itinéraire de Paris à Jérusalem* (1811) que publia Chateaubriand pour raconter le voyage qu'il entreprit entre 1806 et 1807. Le Grand Tour, dont le concept était magistral, trouve même un écho plus récent dans *Au plaisir de Dieu* (1974), fresque familiale dans laquelle Jean d'Ormesson peint la grandeur et la décrépitude de la noblesse française entre 1905 et la fin des années 1960. Parmi les histoires de famille qui se superposent, deux cousins, quittant le château familial de Plessis-lèz-Vaudreuil, effectuent une sorte de Grand Tour, au cours

poursuivre son cursus. Joachim du Bellay accompagna ainsi un oncle à Rome de 1553 à 1557. Il vécut mal ce qu'il qualifia d'exil et fut déçu par les ruines : lire à ce sujet son fameux recueil *Les regrets* (Morel l'Ancien, 1558).

duquel ils verront de leurs yeux les merveilles de l'histoire antique (et tomberont malheureusement amoureux de la même femme, lors de leur passage en Italie).

Bref, jusqu'au XIXe siècle, avant les guerres impériales, et bien avant le tsunami du tourisme de masse, l'idée de parcourir le monde occidental pour y trouver une sagesse intemporelle, pour s'y former et pour y vivre l'aventure, était associée au modèle d'une éducation complète, appuyée sur les humanités classiques. La culture y faisait écho au goût du risque, et l'errance, par tous moyens de transport, au milieu de toutes les classes sociales, était associée à une forme de sophistication. On trouve encore des traces de cette idée chez le Français Guy de Larigaudie, pour qui « deux choses [étaient] essentielles pour voyager : un smoking et un sac de couchage »[15]. En effet, au cours d'un tel voyage, qui était l'apanage des classes sociales les plus aisées, on ne s'interdisait pas le luxe. On rencontrait les membres des cours d'Europe. On pouvait dormir dans des endroits peu recommandables mais aussi dans des palais. Il s'agissait de voir le monde, dans sa complexité.

Dans cet univers miniature, contenu par Gibraltar et le Bosphore, l'aventure tant recherchée ne manquait pas. L'Empire ottoman était l'ennemi aux portes de l'Europe ; les routes, tracées dans les forêts, parcourues par les

15. Guy de Larigaudie (1900-1940), périgourdin d'origine, pionnier du scoutisme français, explorateur et aventurier, se rendit en Polynésie, en Asie, aux États-Unis, en Afrique et ailleurs, avant de mourir à quarante ans, au début de la Seconde Guerre mondiale. Il est l'auteur du superbe livre de maximes *Étoile au grand large*, livre bref, limpide et émouvant, d'où est tirée cette citation (Seuil, rééd. 2011).

bandits « de grand chemin », n'étaient pas sûres ; et puis, il y avait les pirates qui, à partir du Moyen Âge, firent de la mer un endroit aussi dangereux que la terre ferme.

Depuis la Barbarie, c'est-à-dire sur les rives de l'actuel Maghreb, ou depuis le Levant, les équipages de pirates menaient des raids sur les côtes européennes en vue de capturer des esclaves et de faire main basse sur des richesses. Les capitaines, souvent des renégats venus de la vieille Europe, se convertissaient fréquemment à l'islam par opportunité, pour se mettre au service du *corso*, la guerre permanente qu'avait déclaré la Sublime Porte ottomane aux navires chrétiens. L'attrait qu'exerçait, sur ces hommes sans foi ni loi, la perspective d'une vie de forban (le danger, la violence, la richesse, les femmes, le vin) les y poussait. Leurs noms, mélange d'arabe et de langues occidentales, portent la trace de cette vie aventureuse : Hassan Veneziano, Khayr ad-Din Barberousse, Ahmed al Inglizi (Ahmed l'Anglais), Jan-Janszoon dit Mourad Raïs, Ibrahim Vargas – pour n'en citer que quelques-uns. Apatrides et détestés, ils étaient pendus « haut et court » s'ils étaient pris par un navire de guerre : aussi vivaient-ils au jour le jour, en prenant ce qui était à prendre.

Ce qui se passe dans le monde façonne le langage. Ainsi, en Italie, le mot *levanti*, levantin, est attesté dès le XIVe siècle. Il désigne, de manière péjorative, un pirate. Par extension, il qualifiera un homme indiscipliné et batailleur, ne se reconnaissant pas de maître. Par le jeu normal des échanges lexicaux, le mot passe dans la langue grecque ; il y désigne le même profil, mais avec une connotation complètement différente. Ce qui, en Italie, était mal vu, devient, en Grèce, une sorte de modèle : dans le vocabulaire grec, le *leventis*, en effet, apporte dans son sillage une qualité qui se résume d'un mot : la *leventeia*. On peut en esquisser une première définition ici, qui est la quintessence de toutes les qualités aventureuses : courage, goût du risque, insouciance face à la mort, excès de toutes sortes, dédain des conventions du « sédentaire », envie de gloire et de fortune, individualisme cynique, générosité expansive, truculence contagieuse.

Le Grand Tour aristocratique, on le voit, en est à l'opposé : il joue l'enracinement contre le nomadisme agressif, l'héritage contre la prédation, l'homme cultivé contre le « gentilhomme de fortune ». Son idée rejoindra pourtant celle de la piraterie, et complétera par là même la définition du mot *leventeia*, en la personne d'un héros contemporain : Sir Patrick Michael « Paddy » Leigh Fermor DSO OBE (1915-2011).

Sir Patrick, dit Lord Rakehell

À la mort de Patrick Leigh Fermor, la journaliste britannique de *The Independent* Artemis Cooper[16] rédigea une superbe nécrologie. La figure de cet aventurier et écrivain britannique aux mille vies était une légende

16. Artemis Cooper a également signé, en 2012, une biographie de Leigh Fermor. La plus grande partie des repères biographiques qui suivent sont tirés de son article, consultable en ligne sur le site du journal.

pour les connaisseurs, mais l'article de Cooper le fit connaître au grand public. Il s'ouvrait sur une anecdote que voici :

À la fin de la Seconde Guerre mondiale, Patrick Leigh Fermor donnait une série de conférences en Grèce pour le British Council. Il était censé parler de la culture britannique, mais ce jour-là, il s'était laissé convaincre d'évoquer ses exploits militaires en Crète pendant la guerre. Tandis qu'il parlait, Leigh Fermor buvait de grandes gorgées d'un verre placé devant lui. Lorsque le verre fut presque vide, il le remplit avec la carafe d'eau qui était à côté. Instantanément, le liquide se transforma en un nuage blanc. Il venait d'ajouter de l'eau à un grand verre d'ouzo pur.

Un rugissement d'approbation se fit entendre dans le public, face à cette manifestation impromptue de leventeia. *Qualité appréciée en Grèce, la* leventeia *consiste à avoir un esprit affûté, de l'humour, une certaine promptitude de pensée et d'action, du charme, de la générosité, à aimer vivre dangereusement et à être prêt à tout. De la* leventeia, *Sir Patrick Leigh Fermor en avait des tonnes*[17].

Voilà que le mot *leventeia* refait son apparition.

La vie de Leigh Fermor ressemble à un roman – un roman que n'importe quel éditeur aurait trouvé trop rocambolesque. Né en 1915 de parents expatriés en Inde (son père était géologue), il passa les quatre premières années de sa vie en nourrice en Angleterre, à la campagne, entouré d'amour et d'insouciance, ce qui, de son propre aveu, le rendit « inapte à supporter

17. Paru dans *The Independent* du 11 juin 2011 [traduction de l'auteur].

ne serait-ce que l'ombre d'une contrainte». De fait, il est renvoyé de tous les établissements scolaires qu'il fréquente - notamment la prestigieuse King's School de Canterbury, d'où il est expulsé après avoir été surpris avec la fille du marchand de légumes. Son dernier bulletin scolaire le décrit, avec une sévérité qui, rétrospectivement, a des allures de compliment, comme «un dangereux mélange de sophistication et de témérité»[18].

Ses parents espèrent pour lui une carrière d'officier. Après tout, d'autres profils de jeunes gens atypiques et turbulents, issus de la bonne société anglaise (un Winston Churchill ou un Adrian Carton de Wiart[19], par exemple), y trouvèrent le cadre propice à leur épanouissement en tant que chefs et individus. Mais «Paddy-Mike», au lieu de se préparer sérieusement, se lie à la jeunesse dorée de Londres, boit ferme, lit de la poésie; par ailleurs, il n'est pas scolaire, et rate donc sans surprise le concours d'entrée à Sandhurst.

Passionné d'écriture, mais n'ayant rien à écrire, il décide finalement de traverser l'Europe. À dix-huit ans, il quitte la Grande-Bretagne et voyage jusqu'à Istanbul, *via* l'Europe. Avec un budget de cinq livres par mois, il dort dans des auberges, des bergeries, sur

---

18. *Ibid.*

19. D'ascendance belge, Adrian Carton de Wiart (1880-1963), officier de cavalerie, est blessé huit fois pendant la Première Guerre mondiale. Il perd notamment l'œil gauche et, grièvement blessé à la main gauche, s'ampute lui-même des doigts avec les dents quand le médecin refuse de l'opérer. Il sera, entre autres, décoré de la *Victoria Cross* en 1916. Colonel pendant la Seconde Guerre mondiale, il a rang de général de division. Il sera fait prisonnier entre 1941 et 1943, puis négociera la reddition des Italiens. Il conclura simplement dans ses mémoires, *De la reine Victoria à Mao Tse-Toung* (Duculot, 1985): «Honnêtement, j'ai bien aimé la guerre» [*Frankly, I enjoyed the war*].

les canapés de ses hôtes – mais aussi, pendant quelques mois, dans des châteaux et des manoirs en Hongrie et en Transylvanie. Après avoir atteint Constantinople pour le Nouvel An 1935, il fête son vingtième anniversaire sur le mont Athos. Un mois plus tard, il participe à une charge de cavalerie royaliste contre les rebelles vénizélistes[20], sur un cheval qu'il a emprunté. Il se rend ensuite à Athènes, où il rencontre la princesse roumaine Balasha Cantacuzène – une beauté sombre et romantique, récemment divorcée, qui a huit ans de plus que lui. C'est le début d'une histoire d'amour passionnée.

Après avoir vécu tout l'été dans un moulin à eau en face de l'île de Poros, Leigh Fermor et Balasha passent l'automne en Roumanie, chez la princesse. Ils vivront les trois années suivantes à Baleni, la propriété moldave des Cantacuzène. N'arrivant toujours pas à écrire, il traduit en anglais *Ulysse fils d'Ulysse*, ouvrage en français de Constantin Rodocanachi. Sous le titre *Forever Ulysses*, l'ouvrage aura un grand succès aux États-Unis.

Quand la guerre éclate, Patrick choisit logiquement de se mettre au service de son pays et de rentrer au Royaume-Uni. Il dit adieu à sa princesse, avec une tristesse qui ressemble, dit-il, à « un ordre de mobilisation pour quitter le paradis ». Incorporé au corps du renseignement (*Intelligence Corps*), il est détaché comme officier de liaison en Grèce, où il suit les premiers succès

---

20. L'opposition entre royalistes conservateurs et progressistes vénizélistes (partisans d'Elefthérios Venizélos) traverse la première moitié du XXe siècle en Grèce. Les vénizélistes changeront de nom plusieurs fois mais demeureront le parti grec de gauche par excellence jusque dans les années 1980.

des Grecs contre les Italiens à la frontière albanaise, puis accompagne le repli des Anglais vers le sud en avril 1940. Il rejoint ensuite la Crète à bord d'un caïque, puis se bat contre les parachutistes allemands en mai 1941, avant d'être exfiltré vers l'Égypte.

Il retourne en Crète occupée en juin 1942, au profit du *Special Operations Executive* (SOE), le tout jeune service d'action clandestine du Royaume-Uni, qui a monté une équipe pour former et appuyer la résistance locale. Le SOE, pépinière d'esprits libres, civils comme militaires, encouragés à penser autrement, avait reçu une simple mission de la part de Churchill : « *Set Europe ablaze !* », qu'on pourrait grossièrement traduire par « mettre le feu » ou encore « semer la pagaille » en Europe. Avec ses universitaires de choc, ses officiers inclassables, ses châteaux écossais en guise de centres d'entraînement commando[21], ses inventions opérationnelles géniales qui fondèrent le concept moderne d'action clandestine, ou encore son radio[22], qui utilisait ses propres poèmes en guise de clés de chiffrement pour les agents, le SOE ne pouvait que convenir à Patrick Leigh Fermor.

21. Le plus connu de ces centres est peut-être celui d'Achnacarry, au cœur des Highlands, qui servira notamment à la formation des parachutistes de la France libre (entre autres : opérateurs *Jedburgh*, commandos marine et SAS français).

22. Répondant au nom de Leo Marks, il a notamment écrit le célèbre *The Life that I have*, un court poème tendre et romantique, qui servit de clé au chiffrement des messages de Violette Szabo (1921-1945). Cette jeune femme franco-anglaise, veuve d'un lieutenant hongrois de la Légion étrangère dont elle avait une fille, suivit un *cursus* complet d'opératrice avant d'être parachutée en France à deux reprises. Au cours de sa deuxième mission, le 10 juin 1944, elle est arrêtée par la SS et torturée. Elle ne parle pas, est déportée à Ravensbrück et sera assassinée en février 1945 par les gardiens du camp, d'une balle dans la nuque.

Il est parachuté en Crète occupée en 1942, avec le grade temporaire de capitaine, afin d'organiser la résistance locale ; ses succès opérationnels, notamment l'exfiltration d'un général italien, défecteur, vers l'Égypte, lui valent d'être nommé officier de l'Empire britannique (OBE) en 1943. Il vit ensuite quelques mois dans une luxueuse villa du Caire, située au bord du Nil, et qu'il partage avec d'autres locataires du SOE, dont une comtesse polonaise[23]. Tous ont, comme lui, le goût de l'action et de la fête. Ils utilisent la grande salle de bal de la villa pour organiser de mémorables soirées, fabriquent eux-mêmes leur eau-de-vie avec des fruits frais et de l'alcool pharmaceutique, mettent régulièrement le feu à tout ce qu'ils trouvent et cassent les fenêtres quand ils ont trop bu. Ils baptisent leur villa *Tara*, en hommage au château légendaire des rois d'Irlande[24]. Les locataires de *Tara* se donnent des surnoms de fantaisie : Patrick Leigh Fermor est ainsi baptisé *Lord Rakehell*[25].

Cette parenthèse excessive prend fin lorsqu'il est désigné pour monter une opération délicate : l'enlèvement du général allemand Karl Kreipe, qui commande

---

23. Parmi les autres agents, on trouve David Smiley, qui deviendra une légende des services britanniques. Il est possible que John Le Carré ait baptisé son héros récurrent George Smiley en hommage, conscient ou non, à la vie et aux aventures de cet officier.

24. On se souviendra peut-être que *Tara* est aussi le nom de la propriété de la famille irlandaise O'Hara dans *Autant en emporte le vent*, de Margaret Mitchell. L'héroïne, Scarlett, y vivra une passion tumultueuse avec Rhett Butler qui, lui non plus d'ailleurs, ne manque pas de *leventeia*.

25. Le mot *rakehell* ou *rake* désigne, depuis la Restauration britannique (1660-1688), un aristocrate brillant et séduisant, amateur de femmes et d'alcool. Seuls la politesse, le courage et le style l'empêchent de correspondre à la figure, universellement méprisée, du débauché.

les troupes en Crète. À la tête d'un groupe de partisans crétois, en compagnie de son adjoint, le capitaine Stanley Moss, un autre britannique, Leigh Fermor, qui parle parfaitement allemand et grec, met en place une embuscade.

Le 26 avril 1944, vêtus d'uniformes allemands, ses hommes arrêtent la voiture du général, en prennent possession, lui font traverser l'île avec un aplomb qui leur permet de passer les points de contrôle ; ils se cachent pendant deux semaines dans les montagnes, les grottes et les bergeries abandonnées, et l'exfiltrent vers Alexandrie. Au cours du déplacement, au moment de traverser le mont Ida, le général Kreipe, face aux neiges éternelles du sommet, cite quelques vers d'Horace que lui rappelle le paysage :

Vides ut alta stet nive candidum

Soracte.

Leigh Fermor enchaîne immédiatement :

Nec jam sustineat onus

Silvae laborantes[26].

Il y a un silence.

« *Ach so, Herr Major*, sourit le général.

— Pendant un long moment, commentera l'officier britannique, la guerre avait cessé d'exister. Nous nous étions tous les deux abreuvés à la même source bien des années plus tôt, et les choses devinrent différentes entre nous pendant le reste du temps que nous passâmes ensemble. »

---

26. « Tu vois comme de neige haute est blanc le Soracte [qui est une montagne d'Italie], comme sans plus de feuilles peinent les bois. » Horace, *Odes*, I, 9.

Décoré du *Distinguished Service Order* (DSO), Patrick Leigh Fermor terminera la guerre avec le grade de commandant. Il devient ensuite directeur adjoint de l'Institut britannique d'Athènes, où l'un de ses collègues se souviendra des chants crétois et des rires francs qui s'échappaient de son bureau. Sur proposition de son directeur, il parcourt la Grèce pour donner des conférences (dont une, en particulier, a été évoquée précédemment), en compagnie d'une élégante jeune femme blonde, photographe de talent et passionnée de voyages, qu'il avait rencontrée au Caire : Joan Ryner, qui sera l'amour de sa vie.

Patrick et Joan parcourent les Antilles françaises en 1949, puis font le tour des îles grecques pendant plusieurs années. Patrick écrit son célèbre premier livre, *L'Arbre du voyageur*, en 1950[27], tandis que lui et sa femme voyagent d'une maison à l'autre, notamment en Normandie, sur l'île d'Hydra ou dans la campagne anglaise. Leur vie se passe au milieu d'amis brillants, d'éclats de rire et d'histoires aussi incroyables que vraies, racontées par un Leigh Fermor charismatique et passionnant, né pour être conteur. L'inspiration, cette fois, va de soi. Les livres, nourris par la matière d'une vie exaltante, se succèdent : un roman sur la société des planteurs des Caraïbes, des impressions de voyage, des souvenirs de son Grand Tour, un ouvrage sur la Grèce...

27. Ce livre est cité par Ian Fleming comme figurant sur la table de nuit de James Bond, dans *Vivre et laisser mourir* (1954).

En 1963, Patrick et Joan tombent sous le charme d'un petit promontoire abandonné, à Kardamyli, près de Kalamata, dans le Péloponnèse. Au milieu des oliviers, au bord de la mer, Leigh Fermor y construit de ses mains, pour Joan et lui, un petit monastère de pierre fait pour deux, au centre duquel se trouve une impressionnante bibliothèque, et qui sera le point d'ancrage de ce couple de voyageurs insatiables.

Sa notoriété grandit à mesure que ses exploits guerriers et ses talents littéraires sont révélés. En 1972, par exemple, la télévision grecque réunit tous les protagonistes de l'enlèvement de Kreipe, dont le général lui-même. Fermor est le centre de l'attention, passant de l'anglais au grec puis à l'allemand, afin que ses amis crétois et son ancien otage se comprennent tous. À cette occasion, le général Kreipe déclarera qu'il ne ressent pas la moindre rancune à l'égard de ses ravisseurs. Les années 1980 et 1990, cependant, déçoivent profondément l'écrivain, qui ne reconnaît plus, après des années de terreur et de laideur communistes, les endroits paradisiaques de Roumanie et de Bulgarie qu'il avait connus dans sa jeunesse. Puis la mort de Joan, en 2003, l'empêche définitivement d'écrire. Il accepte enfin d'être anobli par Élisabeth II l'année suivante, après avoir refusé cet honneur des années plus tôt, et meurt en 2011 dans son repaire de Kardamyli.

Incarnation de la *leventeia* moderne, Patrick Leigh Fermor aura vécu, étymologiquement, en pirate. En grec ancien, en effet, le verbe *peiraô*, qui a donné « pirate » mais aussi « empirisme », signifie à la fois « risquer l'aventure » et « acquérir de l'expérience ». Une telle étymologie n'est peut-être pas étrangère à la connotation positive, en grec moderne, de cette audace « levantine » qui fait de la folie une condition de la sagesse.

Plus généralement, la *leventeia* est la version méditerranéenne, aujourd'hui patinée par l'héritage aristocratique du Grand Tour classique, de l'esprit nomade qui traverse une bonne partie du monde, de sa dureté face aux épreuves de la vie et de son insouciance fondamentale. Les guerriers d'Asie centrale ou les Vikings possédaient les mêmes enthousiasmes spirituels, le même émerveillement face à la nature et le même esprit pratique. Ils partaient à l'aventure pour l'honneur du clan et l'acquisition de richesses[28], sans se préoccuper de possessions terrestres qu'ils réduisaient au minimum, ni d'un héritage culturel qu'ils emportaient avec eux.

28. *Afla ser fjar ok frama*, « partir gagner fortune et gloire », est une expression qui revient souvent dans les sagas nordiques pour expliquer l'enthousiasme et les motivations des expéditions. Lire à ce sujet l'ouvrage de référence de Régis Boyer sur le sujet : *Les Vikings* (Perrin, 2005).

Culture classique et expérience concrète : l'un n'est rien sans l'autre. En Occident, pour l'éducation d'un homme ou d'une femme, rien ne remplace les humanités classiques : littérature, philosophie, latin, grec notamment[29]. On peut toujours apprendre la finance, l'informatique ou quoi que ce soit d'autre par la suite, si on veut. Mais, de même, cette culture n'est rien si elle ne s'incarne pas dans la vie réelle : les humanités ne formaient pas des universitaires. Le Grand Tour, avec ses déambulations, ses risques, ses rencontres amoureuses parfois, ses aventures rocambolesques aussi, et l'hommage qu'il rendait à la beauté avant même l'âge d'or du romantisme, était là pour en témoigner. La culture classique jette également des ponts entre des individus venus de milieux, camps, pays différents voire opposés.

Intensité et qualité : carburants de la pensée et de l'action. On connaît le mot de Bergson, « agir en homme de pensée et penser en homme d'action ». Cette phrase très juste ne peut toutefois être mise en pratique que grâce à un cercle vertueux entre pensée et action. Une vie intense génère une pensée riche et complexe. Une pensée construite et libre incite à une vie de plein air, d'engagement et de joie. Une vie qui ne transige pas sur la qualité produit un raisonnement (ou un style d'écriture)

29. Mais aussi mathématiques, astronomie, musique, art oratoire, athlétisme etc.

exigeant et précis. Un livre puissant, plein d'explorations, d'originalité et de rencontres, produit à son tour des générations de disciples, etc.

Vie de forban. C'est un concept à manier avec précaution. Il faut se tenir à l'écart du cynisme bon marché (mécanisme de défense des naïfs trop fragiles) comme de l'immoralité spectaculaire qui, dans notre monde, relève souvent de l'affectation. L'esthétique faussement rebelle du XXe siècle (de l'« apache » à la « racaille » en passant par le « blouson noir ») n'a pu devenir *mainstream*, et même commerciale, que dans des sociétés à la fois non normatives et aseptisées – tout comme l'humour noir, qui n'a plus rien de drôle ni de noir quand il devient, simplement, dérision et obscénité banales. Les leçons positives de la piraterie sont contenues dans la *leventeia* : vivre en forban, c'est ne rien s'interdire – ou plutôt, choisir ce que l'on s'interdit, et dans quelle mesure. C'est s'autoriser à conter des histoires, à rire franchement, à chanter et à boire, sans en faire un métier, sans oublier d'être utile et fort ; c'est être son propre maître, « le maître de [son] destin/Le capitaine de [son] âme »[30], en aimant la fête, le soleil, les amis, l'incertitude et le danger – sourire en n'oubliant pas qu'on va peut-être bientôt mourir, et décider en conséquence.

30. W. E. Henley, *Invictus*.

PANACHE

Ayez de l'âme ; ayez une âme, on en réclame !
De mornes jeunes gens aux grimaces de vieux
Se sont, après un temps de veulerie infâme,
Aperçus que n'avoir pas d'âme,
C'est horriblement ennuyeux.

Balayer cet ennui, ce sera votre tâche :
Empanachez-vous donc ! Ne soyez pas émus
Si la blague moderne, avec son rire lâche,
Vient vous dire que le panache
À cette heure n'existe plus.
EDMOND ROSTAND

« Qu'est-ce qui est noble ?
— Dans le langage, le vêtement, la tenue,
cette apparence de frivolité dont la dureté stoïque
et la parfaite maîtrise de soi se servent pour se défendre
de toute curiosité indiscrète. »
FRIEDRICH NIETZSCHE[1]

1. *Fragments* destinés à la rédaction de *La volonté de puissance*.

Éternellement jeune et suranné dans un monde éternellement vieux et moderniste, le panache, création d'Edmond Rostand, est en soi un paradoxe. Il est associé à la grandeur frivole, à l'héroïsme gratuit, à une fierté démonstrative et sans compromis - et, malheureusement, s'il n'est pas cadré, à une préférence pour les défaites romantiques ou les barouds d'honneur, qui ont plus de « gueule » que les victoires sans éclat.

La leçon de Cyrano

Le 28 décembre 1897, il y a bien longtemps que la France n'est pas à la fête. Écrasée par la honte de la défaite contre la Prusse qui, en 1870, lui a arraché l'Alsace et la Lorraine, elle a ensuite connu l'insurrection de la Commune, le suspense dérisoire d'une éventuelle Restauration sous Mac-Mahon[2], puis la Troisième République et sa médiocrité. En cette fin de siècle, le pays de Charlemagne et de Napoléon, dont la *furia francese* fit jadis peur à l'Europe entière, ne rêve plus. Il ne reste

2. Mac-Mahon, royaliste, avait pris contact avec le comte de Chambord afin de planifier son accession au trône sous le nom d'Henri V. Son refus d'adopter le drapeau tricolore pour emblème fit, entre autres, échouer ce projet.

qu'une poignée de symboles dans le paysage intérieur français : la beauté de ses souvenirs, encore visible dans ses châteaux et ses cathédrales, la variété grandiose de ses provinces, le souffle de ses lointaines batailles et, plus généralement, une histoire épique, dont le roman national, qui s'incarnera dans le fameux manuel d'Ernest Lavisse (et plus tard dans l'*Histoire de France* de Jacques Bainville) commence à se mettre en place à ce moment-là.

Dans cette France tristement songeuse, qui remâche sa gloire passée, l'écrivain Edmond Rostand, âgé de vingt-neuf ans, a vu mûrir en lui, lentement, une vieille idée d'écriture. Il s'intéresse depuis longtemps au personnage de Savinien de Cyrano de Bergerac, un soldat libertin du temps de Louis XIII, auteur de plusieurs ouvrages philosophiques dans le goût de son époque. Connu pour son nez difforme, le vrai Cyrano était un duelliste fougueux, qui se prit de haine pour le comédien Montfleury, à qui il avait interdit de jouer à Paris. À ces repères biographiques, Rostand ajoute un élément de sa propre existence : il avait servi de « plume », quelques années plus tôt, à l'un de ses amis, afin de l'aider à séduire une jeune fille cultivée.

Rostand fait lire sa pièce au comédien Coquelin, le plus connu de l'époque, qui s'enthousiasme pour le projet, lui trouve de l'argent, un théâtre (celui de la Porte Saint-Martin) et l'encourage à donner au personnage principal l'épaisseur que nous lui connaissons. Rosemonde Gérard, la femme de Rostand, engage une partie de sa dot pour financer *Cyrano de Bergerac*. Pourtant, la pièce est à rebours des conventions théâtrales de l'époque : longue, écrite en alexandrins, elle comporte de nombreux acteurs et mélange allègrement les genres. Également éloignée du théâtre classique, elle rompt avec la règle des trois unités[3] et s'achève par la mort du héros sur scène[4]. Rien ne la prédestine à un succès. Quelques jours avant la première, Rostand présente ses excuses à Coquelin pour l'avoir entraîné dans cette aventure hasardeuse.

Pourtant, en ce 28 décembre 1897, au lendemain d'une « générale » déjà très prometteuse, la pièce est un triomphe. La « première » est accompagnée, presque sans arrêt, d'un délire d'ovations. Dès le premier acte, les acteurs ont droit à neuf rappels ; au troisième acte, le public réclame que l'auteur monte sur scène ; et, entre le quatrième et le cinquième acte, le ministre des Finances se rend dans la loge de Rostand, décroche sa propre Légion d'honneur du revers de sa veste et l'épingle sur la poitrine de l'écrivain en lui disant seulement : « Je me permets de prendre un peu d'avance. » La carrière d'Edmond Rostand est lancée ; ses autres pièces connaîtront moins de succès, mais ne lui ôteront pas sa célébrité.

L'intrigue de *Cyrano* est connue : en 1640, Cyrano de Bergerac, cadet de Gascogne, bretteur et poète, est amoureux de sa cousine, Madeleine Robin, dite Roxane, une précieuse. Elle, de son côté, aime Christian

---

3. « *Qu'en un lieu, qu'en un jour, un seul fait accompli/Tienne jusqu'à la fin le théâtre rempli* » (Boileau, *L'Art poétique*).

4. Autre entorse majeure aux conventions de la bienséance classique.

de Neuvillette, qui va entrer au service dans la compagnie de Cyrano. Faisant contre mauvaise fortune bon cœur, Cyrano aide Christian à séduire Roxane, en lui écrivant ou en lui soufflant de superbes discours, qui lui sont inspirés par ses propres sentiments pour elle. Roxane succombe aux discours de Christian, ne se doute pas du subterfuge de Cyrano, et repousse les avances du comte de Guiche, qui commande les deux hommes. Au cours du siège d'Arras, Christian comprend que Cyrano aime vraiment Roxane, se jette dans la bataille et y meurt. Quinze ans plus tard, Cyrano, qui vient d'être grièvement blessé dans une embuscade, se rend une dernière fois auprès de Roxane, qui porte le deuil de Christian dans un couvent. Roxane comprend tout en s'apercevant que Cyrano se souvient par cœur de la dernière lettre qu'elle avait reçue d'Arras, prétendument signée de Christian. Elle s'aperçoit également que c'est Cyrano qu'elle aimait à travers ses lettres. Avant de mourir des suites de ses blessures, Cyrano avoue sa flamme à Roxane et déclare qu'il emporte avec lui, « sans un pli, sans une tache », son « panache ».

Le succès de *Cyrano de Bergerac* tient à plusieurs raisons : le mélange entre comédie à l'italienne, épopée et histoire d'amour impossible (Rostand lui-même qualifiait sa pièce de « comédie héroïque ») ; la figure du héros, qui est à la fois grandiose et pathétique, audacieux et timide ; le triangle amoureux entre Cyrano, Roxane et Christian, dont la tension ne se résout pas, fût-ce après la mort des deux personnages masculins ; le style même de la pièce, qui emprunte au romantisme d'un

Victor Hugo[5], comme à la puissance des alexandrins classiques qui, à certains moments[6], évoquent l'austère fierté d'un Corneille.

Mais deux facteurs surtout, semble-t-il, expliquent ce succès. D'abord, le moment où cette pièce est écrite, en pleine atmosphère de « Revanche » : au moment où les enfants lisent l'attendrissante *Dernière classe* d'Alphonse Daudet dans les *Contes du lundi*[7], au moment où la reconquête de l'Alsace-Lorraine est dans toutes les têtes et demeure le grand non-dit de la société française, selon le mot fameux de Gambetta (« Y penser toujours, n'en parler jamais »), alors que le capitaine Dreyfus, arrêté trois ans avant la première de *Cyrano*, incarne, dans l'affaire qui portera son nom, le déchirement des partis et des familles autour de la paranoïa générale, l'histoire brillante et romanesque d'un amour impossible, en un siècle qui, décidément, est le siècle français par excellence, est un grand bol d'air frais dans une atmosphère particulièrement viciée.

---

5. Le thème de la difformité physique qui cache la beauté d'une âme est un lieu commun qui, pour le romantisme, culmine avec *L'Homme qui rit* de Victor Hugo. Toutefois, de nombreuses histoires, notamment *Riquet à la Houppe*, l'un des *Contes* de Perrault, utilisèrent le même motif.

6. Par exemple dans la tirade des « *Non ! Merci !* » (II, 8). Cyrano y décrit les manœuvres auxquelles se soumettent ses contemporains pour s'élever, et les repousse une par une, d'un altier et tonitruant : « Non ! Merci ! »

7. Ce recueil, publié en 1873, s'ouvre sur le récit d'un enfant alsacien qui assiste à la dernière classe de son maître d'école français, avant que l'Allemagne occupante ne prenne le relais. Tout le village, jeunes et vieux, est venu. Le maître a mis ses habits du dimanche. À l'issue d'un cours magistral sur la beauté de la langue française, saisi à la gorge par l'émotion, le vieux maître, qui doit quitter l'Alsace après quarante ans de carrière, n'a guère que la force d'écrire au tableau, en belles lettres rondes, les mots : *Vive la France*.

Ensuite, il y a le panache. Cette notion virevoltante et exagérée, dont le goût du beau geste et de la parole brillante est aussi photogénique que manifestement inutile, et dont Cyrano, « Philosophe, physicien/Rimeur, bretteur, musicien/Et voyageur aérien/Amant aussi, pas pour son bien/[...] Qui fut tout et qui ne fut rien » est le parangon, réveille quelque chose d'infiniment français dans le cœur du public. Rostand a mis le doigt, avec le caractère de son personnage, sur un élément constitutif de l'esthétique nationale, qui jusque-là était connu comme une évidence, mais n'avait pas de nom.

Une petite histoire du panache français

Le mot panache vient de l'italien, *pennacchio*, et désigne, à l'origine, le petit bouquet de plumes qui orne le casque d'un chevalier. On pense notamment, pour prendre un exemple tiré du roman national dont il était question précédemment, à l'injonction d'Henri de Navarre, futur Henri IV, à la bataille d'Ivry (1590) : « Ralliez-vous à mon panache blanc ! » C'est un ornement inutile, purement esthétique, et qui pourtant peut agir comme un signal de reconnaissance, ou pour galvaniser les troupes. Rostand a donc bien choisi son mot. Il le définira lui-même dans son discours de réception à l'Académie française, et cette définition superbe mérite d'être citée en entier :

Le panache n'est pas la grandeur, mais quelque chose qui s'ajoute à la grandeur, et qui bouge au-dessus d'elle. C'est quelque chose de voltigeant, d'excessif – et d'un peu frisé. Si je ne craignais d'avoir l'air bien pressé de travailler au Dictionnaire, je proposerais cette définition: le panache, c'est l'esprit de la bravoure. Oui, c'est le courage dominant à ce point la situation qu'il en trouve le mot. Toutes les répliques du Cid ont du panache, beaucoup de traits du grand Corneille sont d'énormes mots d'esprit. Le vent d'Espagne nous apporta cette plume; mais elle a pris, dans l'air de France, une légèreté du meilleur goût. Plaisanter en face du danger, c'est la suprême politesse, un délicat refus de se prendre au tragique; le panache est alors la pudeur de l'héroïsme, comme un sourire par lequel on s'excuse d'être sublime. Certes, les héros sans panache sont plus désintéressés que les autres, car le panache, c'est souvent, dans un sacrifice qu'on fait, une consolation d'attitude qu'on se donne. Un peu frivole peut-être, un peu théâtral sans doute, le panache n'est qu'une grâce; mais cette grâce est si difficile à conserver devant la mort, cette grâce suppose tant de force (l'esprit qui voltige n'est-il pas la plus belle victoire sur la carcasse qui tremble?) que, tout de même, c'est une grâce que je nous souhaite.

Pourtant, avant même qu'il n'écrivît *Cyrano*, cette sorte d'élégance surnuméraire, jusque dans le feu des combats, existait déjà dans l'esprit français. Elle s'est peut-être incarnée à son plus haut degré à l'époque de Louis XV, époque dite «de la guerre en dentelles». La bataille de Fontenoy (1745), autre page du roman national, est souvent citée comme exemple de courtoisie sur le champ de bataille. Au commencement de cet affrontement décisif, Charles Hay, un officier des Gardes britanniques, s'avança devant ses troupes, sortit une flasque et la leva à la santé des Français pour se moquer d'eux. Le comte d'Anterroches, un officier français, y vit une invitation à tirer et lui répondit : « Monsieur, nous n'en ferons rien ! Tirez vous-mêmes ! » La tradition en a retenu la phrase fameuse, quoique apocryphe : « Messieurs les Anglais, tirez les premiers ! » D'autres exemples de panache français sont moins connus mais tout aussi frappants : ainsi, le marquis de Saint-Pern, à la bataille de Minden (1759), se promenait au petit pas, devant ses troupes, tandis que l'artillerie des Anglais et de leurs alliés tirait sur ses lignes. Plongeant la main dans sa tabatière, il dit tranquillement à ses soldats : « Eh bien ! Mes enfants ! Qu'est-ce que c'est ? C'est du canon, cela tue et voilà tout ! »[8]

D'autres chefs, sous Napoléon par exemple, firent preuve à leur tour d'un flamboyant panache. Lasalle, l'auteur de la célèbre phrase : « un hussard qui n'est pas mort à trente ans est un jean-foutre », s'attacha toujours à vivre avec une élégance aussi voyante que son audace. Plus encore, il y eut Murat, dont les tenues théâtrales, tout sauf réglementaires, les harnachements somptueux et l'insolente bravoure étaient connus dans

---

8. On peut lire, au sujet du panache sous Louis XV, sous forme romancée, les nouvelles d'Esparbès, dans le recueil *La guerre en dentelles* (Fayard, 1910). L'une de ces nouvelles met en scène un espion français, qui se fait passer pour un simple d'esprit derrière les lignes ennemies. Arrêté et interrogé par l'ennemi, il « tient sa légende » ...jusqu'à ce qu'une femme trébuche et qu'il lui offre le bras avec élégance, oubliant momentanément son rôle. Trahi par sa galanterie, il est immédiatement fusillé. Une autre nouvelle présente un colonel d'un régiment de dragons qui, se voyant reprocher l'accoutrement fantaisiste de ses soldats, les fait défiler... habillés d'uniformes flamboyants et dépareillés, taillés dans des drapeaux pris à l'ennemi.

toute l'Europe. Il se trouve, d'ailleurs, que Joachim Murat portait systématiquement d'énormes panaches blancs sur ses chapeaux, dans la vie civile comme à la guerre. Les estafettes qui devaient lui porter des messages se rendaient donc toujours à l'endroit le plus disputé du champ de bataille, où Murat se trouvait systématiquement, et cherchaient dans la fumée le plus flamboyant des combattants, surmonté de son panache.

Plus tard encore, ce furent les esprits libres de la Résistance qui donnèrent une nouvelle jeunesse à ce mot. Le commandant Aussaresses, condamné plus tard pour des actes de torture en Algérie, était au commencement un brillant littéraire, un résistant courageux, un opérateur Jedburgh de la France libre, et fut choisi pour commander la composante « action » des services de renseignement français à la Libération, le « 11e Choc », dans la citadelle de Montlouis (Pyrénées-Orientales). Aussaresses s'était entouré, pour mener les actions clandestines de la France, d'esprits atypiques comme le sien, avec qui il concevait des manœuvres audacieuses et dont il tolérait l'indiscipline formelle. On peut ainsi considérer que le fait de passer ses troupes en revue au son du *Déserteur* de Boris Vian, ou de tolérer que l'un de ses officiers arrive aux couleurs à moto, avec une superbe jeune fille laotienne en amazone, relève, de la part d'Aussaresses, d'une forme de panache.

Car le panache n'est pas seulement la nonchalance et le brillant dans la bataille : il est aussi, on l'a vu, une manière jeune, et parfois insolente, de contester l'autorité. Rostand disait, dans un poème adressé aux élèves du collège Stanislas, et dont quelques vers figurent en exergue de ce chapitre, que :

[...] devant la laideur des chapeaux londoniens
Le panache indigné s'[était] enfui dans la brume
En laissant sa dernière plume
Au casoar des saint-cyriens !

De fait, le panache est toujours cultivé, à Saint-Cyr, comme une tradition – et ces traditions s'appuient, pour une bonne part, sur l'indiscipline initiale des élèves, une indiscipline qui, bien comprise, est l'une des clés de lecture de cette vertu typiquement française.

Saint-Cyr et l'armée française : l'indiscipline féconde ?

L'École spéciale militaire de Saint-Cyr, fondée en 1802 par Napoléon Ier, forme les officiers de carrière « directs »[9] de l'armée de Terre française depuis plus de deux cents ans. Elle s'est adaptée aux époques qu'elle a traversées ; elle a déménagé de Fontainebleau à Saint-Cyr-l'École, puis à Aix-en-Provence, avant de rejoindre, à la Libération, le camp de Coëtquidan, en Bretagne. Elle fait partie des grandes écoles d'État, délivre des

9. Il existe d'autres recrutements : les « semi-directs » ont commencé leur carrière militaire comme soldats ou sous-officiers, les plus jeunes suivent le *cursus* de l'École militaire interarmes, les plus anciens ne suivent que le *cursus* de l'école d'application de leur arme (cavalerie, infanterie, etc.). Les officiers sous contrat sont recrutés par l'armée pour une durée déterminée. Il est à noter que la création de l'École militaire interarmes ne date que de 1961, séparant les recrutements sans raison valable. Auparavant, tous les officiers de carrière en scolarité initiale portaient le même uniforme et appartenaient à la même école.

formations de haut niveau et a évolué au rythme de la modernité. Toutefois, ses traditions, inventées au fur et à mesure par ses élèves, sont encore solidement ancrées.

Il est intéressant de constater que la plupart d'entre elles sont des mouvements d'indiscipline qui sont entrés dans les mœurs. Ainsi, son hymne, *La Galette*, est-il à l'origine un chant de désobéissance à l'encadrement de l'École, qui voulait abolir le port de la contre-épaulette ou « galette » sur la tenue ; ses fêtes, le « Triomphe » et le « 2S » sont des commémorations (celle d'un élève porté en triomphe par ses camarades pour l'un, la reconstitution de la bataille d'Austerlitz pour l'autre), qui avaient initialement lieu sans l'accord, et même contre l'avis, des officiers de l'École.

Sortis de leur École, les saint-cyriens ont affaire à des enjeux de vie et de mort, et à des engagements opérationnels très sérieux. Ils sont responsables d'un nombre toujours croissant de subordonnés, et commencent généralement leur carrière, vers vingt-quatre ans, en ayant une trentaine de cadres et soldats sous leurs ordres. Cependant, ils n'oublient que rarement cet esprit frondeur, parfois potache, qui les pousse aux manifestations de panache les plus incongrues. Ainsi de ces lieutenants qui, en 1914, montèrent au front en casoar[10] et gants blancs, afin de rendre théâtral leur

10. Le casoar est le plumet rouge et blanc qui orne le *shako* des saint-cyriens depuis 1855. Napoléon III avait voulu faire plaisir à la reine Victoria lors d'une de ses visites, en demandant à ses élèves-officiers d'arborer les couleurs de l'Angleterre

sacrifice, mais aussi, sans doute, parce que, comme le disait le personnage de Cyrano, « on n'abdique pas l'honneur d'être une cible ».

Cette magnificence militaire est évidemment inutile au sens strict, et elle est parfois même contre-productive. Cyrano, lui encore, déclarait dans la dernière scène de la pièce :

Que dites-vous ? C'est inutile ? Je le sais !
Mais on ne se bat pas dans l'espoir du succès !
Non ! Non ! C'est bien plus beau lorsque c'est inutile !

À ce titre, la commémoration de défaites pleines de panache dans l'armée française (Bazeilles pour les troupes de marine, Sidi Brahim pour les chasseurs...), défaites où des soldats valeureux ont succombé héroïquement à un ennemi supérieur en nombre, au lieu de célébrer des victoires, est par exemple une illustration du côté sombre du panache : celui qui met en avant la belle défaite chevaleresque, à la loyale, parce qu'elle a un côté romantique bien plus séduisant qu'une victoire écrasante. Cette tendresse pour les vaincus (et Cyrano est, lui aussi, un vaincu sublime), peut devenir morbide si le panache ne s'accompagne pas d'un amour de la victoire avant toute chose.

(on voit que le goût du politique pour l'humiliation gratuite de ses soldats remonte loin). Les « cyrards » se l'approprièrent et décidèrent qu'il s'agissait plutôt de l'aile de la Gloire, maculée du sang versé pour la France.

Le panache fait en tout cas voler dans son sillage quelques enseignements

Il n'y a pas de plumet sans casque. La fantaisie, la légèreté, la magnificence d'un chef qui a du panache, ne produisent leur effet que par contraste. Sans bataille, sans guerre, le panache ne serait que coquetterie. Il ne devient grandiose que comme corollaire de l'acceptation du danger ou, en temps de paix, d'une vie pleine de mouvement et de défis. Quand l'aristocratie porte des talons rouges jusqu'à en oublier de faire peur, elle ne mérite que la révolution.

L'élégance est toujours réglementaire. Dans une armée qui a tout prouvé sur le champ de bataille, la fantaisie vestimentaire ou les entorses au règlement relèvent d'une saine appropriation des contraintes du métier des armes. Il est d'ailleurs intéressant de constater, en opérations extérieures, que le moment où la menace ennemie est stabilisée s'accompagne généralement de l'arrivée d'une armada d'officiers supérieurs, chargés de vérifier la conformité des tenues.

Sourire face au danger. Tout le monde a peur, et cette peur, si elle peut s'apprivoiser, ne s'arrête jamais. Elle est un signe de bonne santé mentale, dont le contraire n'est pas le courage mais l'inconscience. Sourire, plaisanter, est une manière de tenir l'angoisse à distance, et de montrer que c'est faisable. Le danger génère ses propres mots d'esprit, qui sont un mécanisme de défense plus élégant que l'agressivité, le silence ou la mauvaise humeur.

Avec des gens bien élevés, on peut tout se permettre. Les outrances d'un Lasalle ou d'un Murat, l'indiscipline traditionnelle des saint-cyriens, les bouffonneries des paras du renseignement français, ne nous paraissent tolérables et même bienvenues que parce que, d'un autre côté, leur sens du devoir et de l'engagement ne sont pas remis en question, et qu'ils sont capables d'un investissement total, jusqu'au sacrifice de leur vie. Avec des subordonnés autonomes et enthousiastes, on peut tolérer ou s'autoriser certains débordements ponctuels.

Le commandement à la française. Historiquement, à la différence des figures de chefs d'autres nations, le chef français, s'il peut être dur et même impitoyable, ne se pare pas d'une fausse sévérité et ne se tient pas à distance de ses subordonnés. Le commandement français est courtois, chaleureux, respectueux, souriant, enthousiaste. À la manière d'un feu, il éclaire et il réchauffe. C'est de cette courtoisie envers ses subordonnés et de cet allant que vient le véritable panache.

La défaite est parfois belle, la victoire est toujours grande. Le « complexe de Cyrano », si on peut l'appeler ainsi, est une maladie bien française, qui privilégie la défaite qui a de l'allure à la victoire mécanique et sans éclat. C'est une erreur funeste : le monde, à la différence de certaines postures romanesques, n'a pas de tendresse pour les ratés. Il y a plus de panache, en fin de compte, à triompher avec modestie, à être magnanime avec l'ennemi vaincu, qu'à perdre superbement pour un résultat nul.

ROMANITAS

On devient l'homme de son uniforme.
NAPOLÉON BONAPARTE

La notion qui fonde toute coutume vivante,
c'est l'honneur. Tout le reste, fidélité, humilité, bravoure,
esprit chevaleresque, maîtrise de soi, résolution,
en découle. Et l'honneur est une question de sang,
non de raison. On ne réfléchit pas – sinon, on a déjà perdu
l'honneur. Perdre l'honneur, c'est être effacé de la vie,
du temps, de l'Histoire. L'honneur de l'ordre, de la famille,
de l'homme et de la femme, du peuple et de la patrie,
l'honneur du paysan, du soldat, et même du bandit :
l'honneur signifie que la vie, en une certaine personne,
vaut quelque chose, possède un rang historique,
sa distance, sa noblesse.
OSWALD SPENGLER

Le mot *romanitas* est un *hapax*[1] dû à l'auteur Tertullien (IIIe siècle de notre ère). Il désigne, avec un peu de retard historique, l'ensemble des qualités que les Romains estimaient leur appartenir en propre depuis la fondation de la cité jusqu'à leur domination sur le monde connu ; elles peuvent se résumer au sentiment d'austère fierté qu'il y a à tenir simplement son rang.

À la manière des anciens

Pour comprendre ce qu'est la *romanitas* et son importance, il n'est pas inutile de rappeler rapidement l'histoire de Rome, dont l'identité fut façonnée par le mélange des peuples, la succession des régimes et l'existence d'ennemis.

La date de fondation de la cité n'est pas attestée avec certitude. La légende la fait remonter au 21 avril 753 avant Jésus-Christ, date à laquelle Romulus aurait tué son frère Remus après avoir tracé, à la charrue, le contour de l'enceinte de la ville.

Rome agrège rapidement les villages des alentours et, sous l'impulsion de ses premiers rois, construit les bâtiments et les structures de pouvoir, invente les bornes culturelles qui feront sa singularité. Par exemple, Romulus crée le Sénat et les structures politiques, Numa Pompilius met en place le calendrier religieux de douze mois avec toutes ses fêtes. On lui doit aussi la création

1. Voir « GROOVE ».

de la charge de *pontifex maximus*[2] ou encore l'instauration du culte des vestales. Servius Tullius organise la société en cinq classes sociales selon leur fortune. Enfin, Tarquin le Superbe, qui s'est hissé sur le trône en faisant assassiner Servius Tullius, son beau-père, est le dernier roi de Rome. Il se maintient au pouvoir en multipliant traîtrises et exactions. En 509 av. J-C, son fils, Tarquin le Jeune, viole sa cousine Lucrèce, qui se suicide pour échapper à la honte. La famille de l'époux outragé la venge en déposant les Tarquin et en mettant fin à la monarchie.

Deux points méritent, à ce stade, d'être soulignés : d'abord, la plupart de ces rois étaient étrusques[3] et non romains, ce qui retarda d'autant l'émergence d'un patrimoine propre ; ensuite, ce fut le manque de *tenue* de Tarquin qui provoqua sa chute.

À partir de 509, Rome s'organise en République et commence sa politique d'expansion dans la région du Latium, qui donnera son nom au peuple latin. Mise à sac par les Gaulois de Brennus vers 390 av. J-C, Rome reprend la main, et soumet successivement toutes les tribus de la péninsule. À la faveur du déclin de la Grèce et de la désagrégation de l'immense et fragile empire

---

2. Ce titre est encore porté par les papes catholiques (Souverain Pontife). Le *pontifex* est littéralement celui qui « jette des ponts » entre l'humanité et la divinité. Une très grande partie du culte catholique a incorporé les rites païens de l'Empire romain finissant, ainsi que d'autres cérémonies sacrificielles (comme le culte de Mithra).

3. Les Étrusques étaient un peuple à l'origine mystérieuse. Établis en Italie centrale, ils parlaient une langue qui n'était pas indo-européenne et possédaient une civilisation très riche. À partir de la fin de la monarchie romaine, leur déclin ira croissant.

d'Alexandre, le monde hellénique est soumis à son tour, vers 250 av. J-C. Rome agglomère à sa cité une foule d'esclaves grecs, plus cultivés que leurs maîtres, qui apportent le souvenir d'une éducation classique et l'habitude du raffinement dans une péninsule italienne très rurale et plus attachée au droit qu'à la philosophie.

L'expansion romaine se poursuit avec la désignation d'un nouvel ennemi : Carthage. Située sur le rivage de l'actuelle Tunisie, la ville d'Hamilcar[4] et d'Hannibal sera le motif récurrent des trois guerres puniques (de *Poena*, le nom latin du royaume carthaginois) qui l'opposeront à Rome entre 264 et 146 av. J-C, jusqu'à sa chute.

Face à l'hellénisation de la société comme face à Carthage, un premier défenseur de la *romanitas*, qu'il ne formule pas explicitement en ces termes, se fait entendre : il s'agit de Caton l'Ancien (234-149 av. J-C). Célèbre pour avoir terminé, à la fin de sa vie, tous ses discours au Sénat par un retentissant *Carthago delenda est* (« Il faut détruire Carthage »), Caton s'est aussi opposé toute sa vie à l'« orientalisation des mœurs ». Il était célèbre pour son style de vie frugal et champêtre, sa grande sobriété et, pour le résumer ainsi, son attachement au *mos maiorum*.

Précurseur de ce qui, transformé par les siècles, deviendra la *romanitas*, le *mos maiorum* désigne, littéralement, « les mœurs des anciens »[5]. Dans une version

4. On se souvient peut-être du célèbre incipit de *Salammbô*, de Gustave Flaubert : « C'était à Mégara, faubourg de Carthage, dans les jardins d'Hamilcar. »

5. Le 2e régiment étranger de parachutistes a d'ailleurs pour devise *More Majorum*, qui signifie « à la manière des Anciens ».

idéalisée de ce que fut la Rome des origines, il représente un ensemble de valeurs considérées comme cardinales par le camp réactionnaire – si on peut utiliser cet anachronisme. Ces valeurs se veulent à l'opposé du luxe, du confort et de la décadence prétendument venus d'Orient.

Le *mos maiorum* repose sur l'idée selon laquelle le caractère des premiers Romains serait celui d'un peuple sobre, travailleur et austère, dur au mal et obéissant aux lois. Ce peuple se dote de chefs très attachés au prestige de leur fonction mais aussi très conscients du caractère temporaire de celle-ci – des *dictateurs* qui, comme le célèbre Lucius Quinctius Cincinnatus[6] dans la légende, sont capables d'accepter de sauver Rome du péril en disposant des pleins pouvoirs pendant quelques semaines, avant de retourner humblement à leur champ.

Le culte des anciens et de leur exemple est associé à la révolte contre la tyrannie étrusque et à l'idée d'une République frugale et incorruptible. Il est aussi lié, dans l'imaginaire collectif de la cité, à la pureté de ce que Cicéron appellera « la race romaine », dont l'une des qualités est la *virtus*, qui désigne à la fois le courage,

---

6. Cincinnatus (519-430 av. J-C) vient d'une vieille famille patricienne. Selon ses différents biographes, il est ruiné par le procès de l'un de ses fils, qui s'est violemment opposé à une réforme sociale favorable aux plébéiens. En 458 puis en 439, il est appelé à la dictature : ce cas d'urgence lui donne les pleins pouvoir pour réagir à une situation désespérée. Le *De viris illustribus*, un livre anonyme sur les grandes figures de Rome, raconte qu'en 458, les envoyés du Sénat le trouvèrent nu, en train de labourer son champ. Seize jours plus tard, après avoir eu droit à un triomphe, lors duquel il fit défiler son ennemi vaincu, Cincinnatus était retourné aux champs. Le mythe de Cincinnatus inspirera les Américains, notamment à travers la personne de George Washington, qui se retira dans sa plantation après la guerre d'indépendance. Les Cincinnati sont l'association qui regroupe les descendants des libérateurs de l'Amérique.

l'énergie et la virilité, au sens de fonction sociale de l'homme.

C'est que Rome n'a connu que la guerre, n'a cessé d'agglomérer à sa culture des peuples au passé parfois plus riche que le sien, et ressent donc la nécessité de faire bloc autour d'une identité forte, fût-elle un peu enjolivée. À la chute de la République, Octave, devenu l'empereur Auguste, se voudra d'ailleurs l'héritier de ces valeurs ancestrales.

Il le montrera en faisant réaliser un bouclier doré, le *clipeus aureus*, installé dans la *Cura Julia*, le bâtiment dans lequel se réunissait le Sénat. Sur ce bouclier, il fera inscrire quatre vertus typiques du *mos maiorum* : *pietas, virtus, clementia, justitia.*

Une assemblée de rois

Les vertus du *mos maiorum* ne sont pas nombreuses et convergent toutes vers le même idéal. Elles ne sont pas fixées, mais comprennent au moins les concepts suivants : *pietas, virtus, clementia, justitia*, les quatre qualités gravées sur le *clipeus aureus*, auxquelles il faut ajouter *gravitas, dignitas, majestas, fides, frugalitas* et *constantia.* Voyons ce qu'elles recouvrent et comment elles sont vécues.

Certaines s'appliquent au comportement du citoyen romain dans la société et la conduite des affaires. La *pietas* est autant la pratique religieuse que le patriotisme envers la cité. Elle implique le sens du devoir et une certaine orthopraxie (accomplir les rites religieux et civils de la façon qui convient). La *virtus*, on l'a vu, réunit l'énergie et le courage, en tant que caractéristiques de l'homme romain. La *clementia* et son corollaire la *justitia* sont la marque d'une grande âme qui prend de graves décisions : la *clementia*, c'est la magnanimité, la *justitia* c'est l'impartialité. Toutes ces vertus s'appuient sur la *fides*, qui est le respect de la parole donnée, lié à la bonne réputation d'un individu.

D'autres sont des traits qui font directement référence à la manière de se présenter aux autres – à l'*hexis*, disent les sociologues en reprenant un mot grec, c'est-à-dire au comportement acquis. Ainsi, la *gravitas* est le sérieux, l'austérité qui sied à celui qui habite sa fonction, la tenue qui démarque une éducation de qualité. Cette vertu était particulièrement attendue chez les hommes politiques. La *majestas*, qui fait référence à l'aura d'un personnage important, y est associée. La *frugalitas*, désignant la tempérance et la modestie du comportement, équilibre cette fière allure. La *constantia* est le caractère imperturbable qui correspond à un cœur persévérant.

Toutes ces qualités forment la *dignitas*, qui est le rayonnement personnel que s'acquiert un Romain par ses œuvres et sa réputation. C'est en quelque sorte le halo de charisme et de renommée qui entoure l'homme de bien.

Naturellement, une telle maîtrise de soi, un tel dévouement au bien commun et une telle hauteur de vues ne s'acquièrent pas sans le cadre d'une société qui concourt à forger l'individu. Or, la société romaine s'appuie justement sur des cercles concentriques, régis par des relations formelles : la famille, le métier, l'armée, la cité. Dans la famille, on vénère les Mânes, les ancêtres divinisés, et on obéit au *pater familias*, le patriarche, qui règne sur sa famille et sur les familles de ses enfants. Dans la sphère professionnelle, les relations de clientèle, entre le patron et ses obligés, tissent un réseau d'interdépendance. Dans l'armée, machine de guerre, machine à romaniser les individus, on exalte le sacrifice et notamment la *devotio*[7]. Dans la cité, la classe sénatoriale prétend au *cursus honorum*, succession de magistratures publiques qui donnent sa légitimité à celui qui termine consul[8]. La rigueur romaine conditionne les Romains ; en retour, les grandes figures romaines construisent et font perdurer l'image de leur cité.

Outre Cincinnatus, vivante incarnation du *mos majorum*, Rome célèbre d'autres figures individuelles mythiques, qui sont autant d'illustrations de son système moral.

Ainsi de Caius Mucius : en 507 av. J-C, pendant la guerre entre les Romains et les Étrusques de Clusium, ce jeune homme est chargé d'assassiner le roi Porsenna, commandant l'armée clusienne. Il se déguise et s'infiltre dans le camp étrusque mais, n'ayant jamais vu Porsenna, il tue son secrétaire, qui est plus richement habillé que

---

7. Sacrifice volontaire d'un général romain aux dieux chtoniens, en échange de la victoire. Le chef jurait de mourir au combat avant de s'élancer à la tête de ses soldats.

8. À partir de trente ans, un citoyen romain pouvait prétendre commencer le *cursus honorum* par le poste de questeur (chargé des finances), puis poursuivait son ascension : édile (chargé de la voirie), préteur (juge) puis consul (avec des fonctions autant militaires que politiques).

lui. Immédiatement arrêté, il décline son identité et se présente comme citoyen romain. Plus encore, il s'approche d'un brasier tout proche et y plonge sa main droite en regardant Porsenna dans les yeux : « Regarde, dit-il nettement, comme le corps est négligeable, pour ceux qui ne visent qu'à la gloire. » Le roi, épouvanté, le fait éloigner des braises ; Caius Mucius ne s'arrête pas là, puisqu'il annonce que trois cents jeunes Romains comme lui sont prêts à lui succéder. Porsenna dépose alors les armes et envoie des ambassadeurs à Rome pour négocier. Sa main droite étant définitivement invalide, on donne à Caius Mucius le *cognomen* honorifique de *Scaevola*, « le gaucher », que ses descendants garderont. Pendant la même guerre, Horatius Cocles (« le borgne », dont l'œil aurait été crevé par une lance étrusque) fait abattre le pont Sublicius, menant à Rome, qu'il défendait seul contre la colonne ennemie ; il plonge alors dans le Tibre et rejoint, à la nage, la ville fortifiée[9].

La valeur de ces figures, la clarté de ce modèle, façonnèrent le comportement de l'élite romaine, sa vision des choses – sa *tenue* face au monde.

En 280 av. J-C, Rome était menacée par Pyrrhus, roi d'Épire, un pays situé à cheval entre le nord de la Grèce et l'actuelle Albanie. Cette année-là, il remporta sur les légions romaines la victoire d'Héraclée, puis celle

9. Georges Dumézil (voir « GRANDEUR ») établira un parallèle entre ces deux héros et les figures de Tyr et Odin dans la mythologie scandinave. Selon lui, Cocles correspondrait à Odin, le dieu borgne, Scaevola à Tyr, le dieu manchot. Ces deux dieux sont parmi les plus anciens du panthéon nordique. Cette hypothèse accréditerait le caractère mythique des deux héros romains – et prouverait également, encore une fois, l'unité des mythes fondateurs indo-européens.

d'Ausculum, l'année suivante. Ces victoires tactiques s'accompagnèrent de très lourdes pertes pour l'armée de Pyrrhus[10], ce qui le poussa à envoyer son ministre Cinéas négocier une trêve auprès du Sénat romain, d'abord après Héraclée, ensuite après Ausculum. Il en est expulsé à deux reprises, grâce à l'éloquence du plus vieux de tous les sénateurs, Appius Claudius Caecus qui, bien qu'aveugle et paralytique, se fait même transporter de nouveau au Sénat tout exprès, lors de la deuxième ambassade de Cinéas, pour rappeler à ses collègues que les propositions de Pyrrhus ne devraient même pas être étudiées.

Au lendemain de son premier passage, en 280 av. J-C, Cinéas déclara à son maître que la ville lui avait paru un temple, et le Sénat romain «une assemblée de rois»[11]. Voilà à quoi ressemblait la *dignitas* des magistrats publics, que l'on pourrait utilement comparer à la dignité, à l'exemplarité et au charisme des élus contemporains de nombreux pays.

C'est que Rome, en gardant l'héritage du *mos majorum*, a permis à ses représentants d'être transcendés par leur fonction, de devenir grands, parce que ce qu'ils représentaient les dépassait visiblement – qu'ils n'en

---

10. C'est la raison pour laquelle une «victoire à la Pyrrhus», dans le langage courant, désigne un succès tactique qui compromet gravement les chances stratégiques du «vainqueur».

11. Cité notamment dans le *De viris illustribus urbis Romae* de l'abbé Lhomond (1775), manuel de référence jusque dans les années 1960 en France, qui brosse le portrait des grandes figures romaines, de Romulus à Auguste. Ce livre est lui-même largement inspiré du *De viris illustribus* anonyme, écrit par un païen pour exalter la grandeur romaine face au christianisme naissant.

étaient que les gardiens. Leur sens de l'honneur individuel était lié à la dignité de leur fonction représentative. Le lien entre les deux était la *dignitas*.

Cependant, au IIIe siècle, lorsque l'auteur chrétien Tertullien invente le mot *romanitas* dans son *De Pallio*, c'est pour critiquer ses concitoyens carthaginois qui imitent servilement les façons romaines et les valeurs de Rome. Pour lui, le mode de vie romain, qu'il juge inégalitaire et irrespectueux des peuples colonisés, est appelé à disparaître quand adviendra la chrétienté. Sur le résultat, l'avenir lui donnera raison : dès son époque, l'empire romain est devenu ingouvernable, obèse, gangrené par les querelles et la corruption, amolli par l'influence de l'Orient, qui sera par exemple celle d'un Héliogabale, empereur de la décadence totale et contemporain de Tertullien.

Il est en revanche permis d'être plus réservé sur les causes de la chute de Rome. Bien plutôt que l'imposition de la *romanitas*, c'est l'abandon de son exigence qui précipitera la chute de l'idée romaine.

Ainsi, en 212, l'édit de Caracalla donne-t-il la citoyenneté romaine à tous ceux qui résident sur le territoire de l'empire. Être *civis romanus*, jusque-là un titre de gloire[12], devient, par le jeu des régularisations massives, la moindre des choses. Le regard des ancêtres de sa *gens*, la fierté d'avoir joué un rôle dans l'édification de l'ancienne Rome, ou d'avoir versé son sang pour les

---

12. Comme le rappellera John Fitzgerald Kennedy dans son célèbre discours du 26 juin 1963. Il mettra en parallèle les phrases *civis romanus sum* et *Ich bin ein Berliner*, comme étant deux déclarations de citoyenneté également honorables en leur temps.

bannières frappées du sigle SPQR, le sentiment de ce que l'on doit à la cité et de ce que l'on se doit – tout cela est dépassé. Rome compose désormais avec les Barbares du *limes*, la frontière, à qui elle confie la garde des marches de l'Empire. Elle hésite à reconnaître une fois pour toutes qui sont ses dieux, quel est son héritage, quel est l'idéal de développement qu'elle propose à ses citoyens. Caton, prophète de malheur, a peut-être eu raison trop tôt – mais il a eu raison, et bien davantage que Tertullien.

Napoléon Bonaparte disait que l'on devenait l'homme de son uniforme. En fin connaisseur de l'esprit des hommes, il savait que l'absence de norme est comme l'anneau de Gygès : elle ouvre la porte à toutes les lâchetés, à toutes les infamies, parce qu'elle permet de ne pas se sentir redevable, ni face à soi-même ni, pour ceux qui en ont besoin, face à la collectivité. Le Romain devenait lui aussi l'homme de son uniforme, ou plutôt il prenait, pour ainsi dire, le pli de sa toge.

À la différence de la Grèce, qui considérait qu'il fallait être de la même race pour vivre ensemble[13], Rome, qui avait toujours été une ville composite, harmonisait toutes les différences en un modèle de développement contraignant, une gangue qui avait la forme de l'honneur.

---

13. On peut relire à ce sujet la *Politique* (Livre V, 1303 a 25-28) d'Aristote : « Une cité ne naît pas de n'importe quelle foule. C'est pourquoi les États qui ont admis des étrangers comme cofondateurs, ou ensuite comme colons, ont, pour la plupart, connu des séditions. »

Un peu de tenue: « une assemblée de rois ». La gravité et la dignité dans les cérémonies solennelles ou les occasions publiques, une forme naturelle de sérieux liée aux fonctions que l'on exerce – voilà un discours devenu presque inaudible parmi les responsables quels qu'ils soient. L'heure est au déboutonnage et aux managers *sympas*. Pour autant, la familiarité engendre le mépris. L'absence des marques habituelles du sacré n'est pas un signe de simplicité ou d'accessibilité. Quand un lieu de culte ressemble à une salle polyvalente, ses cantiques à des comptines, ses ministres à des comptables, il se vide, mécaniquement. Quand les représentants de l'État ressemblent à des employés du tertiaire, ils sont nécessairement déconsidérés. Pour le dire trivialement : quand un militaire en tenue arrive sur le quai de la gare, les gens doivent s'arrêter de parler.

On ne s'appartient pas. La raison pour laquelle on doit sacrifier aux formes extérieures du sacré, du solennel, est justement parce que l'on cesse de s'appartenir quand on incarne quelque chose de plus grand que soi. On ne fait que représenter une fonction qui nous dépasse. Raison pour laquelle on s'y hausse par la perfection de l'attitude – raison, aussi, pour laquelle cette fonction nous renvoie à la petitesse de notre personne périssable.

La fonction est tout, la personne du chef n'est rien. Si l'on doit mettre toute sa personnalité dans l'exercice de ses responsabilités, « mettre sa peau sur la table » pour le dire avec Céline, et si l'on doit accorder aux moments de représentation tout le sérieux qui convient, « à la manière des anciens », il faut aussi se rappeler qu'en tant que chef, on n'est qu'un passeur. On n'est personne, on ne laissera rien. Tout au plus transmettra-t-on le témoin avec passion et sans avoir à rougir. Croire que l'on inscrit son nom dans les sables du temps[14] est une maladie mentale, qui s'attaque en priorité aux narcissiques et aux gâteux.

Faire adhérer à un mythe collectif. Pour entraîner une équipe, une armée ou un peuple, pour créer une cohésion, il faut créer un projet. Ce projet ne peut être que culturel, symbolique, au sens le plus large du terme. Il ne peut pas s'appuyer sur des objectifs matériels. Il peut s'agir d'un véritable mythe collectif, comme dans le cas des héros romains : viser un résultat tristement réaliste est bon pour les dividendes des réunions d'actionnaires. Les unités qui possèdent des traditions vivaces – et il ne s'agit pas seulement d'unités dites d'élite – ne procèdent pas autrement : elles honorent leurs anciens, elles glorifient leur histoire, elles offrent la possibilité, à ceux qui le souhaitent de tout leur être, de faire partie d'une aventure collective toujours en mouvement.

---

14. La métaphore des sables du temps et de l'inanité des empires est magnifiquement filée par P. B. Shelley dans son poème *Ozymandias* (1818).

SHIBUMI

> Je crois que le beau n'est pas une substance en soi, mais rien qu'un dessin d'ombres, qu'un jeu de clair-obscur produit par la juxtaposition de substances diverses. De même qu'une pierre phosphorescente qui, placée dans l'obscurité émet un rayonnement, perd, exposée au plein jour, toute sa fascination de joyau précieux, de même le beau perd son existence si l'on supprime les effets d'ombre.
>
> JUNICHIRO TANIZAKI[1]

Venu du Japon et de sa tradition esthétique, le *shibumi* fait référence à une façon simple et puissante, élégante et humble, spontanée et modeste, imparfaite et brillante, de regarder le monde, de s'y comporter et d'y agir. Cet équilibre est atteint jusqu'au paradoxe. La définition de cette notion déborde également sur d'autres concepts philosophiques ou esthétiques venus du Japon, qui permettent de la compléter en s'y confrontant.

---

1. Junichiro Tanizaki, *Éloge de l'ombre*, Verdier, 2011 [trad. R. Sieffert].

En 1972, un mystérieux écrivain nommé Trevanian fit paraître *La sanction* – un thriller haletant, comme on dit dans la presse. Son héros, Jonathan Hemlock, était un vétéran de la guerre de Corée, ancien membre des forces spéciales américaines devenu professeur d'histoire de l'art. Collectionneur de toiles de maître achetées au marché noir, il n'avait d'autre choix, pour gagner l'argent nécessaire, que d'accepter de réaliser des « contrats » – des assassinats ciblés – autrement appelés « sanctions », pour le compte de la très secrète CII, une officine du gouvernement américain. Cette brillante parodie ne fut, évidemment, pas reconnue comme telle par la critique, et Trevanian fut obligé de forcer le trait avec *L'expert*, l'année suivante, qui mettait en scène le même héros. En 1975 cependant, les droits de son premier livre furent achetés par le cinéma pour une adaptation, un film avec Clint Eastwood. En guise de clin d'œil, Trevanian demanda que son véritable nom figurât au générique, parmi les scénaristes.

Quatre ans plus tard, pressé par son éditeur, Trevanian, qui s'appelait en réalité Rodney Whitaker et était professeur d'université[2], accepta, à la demande de son éditeur, de signer un nouveau livre. Il décida alors qu'il écrirait la version la plus aboutie possible du roman d'espionnage : une sorte de parodie, mais

2. Il dirigeait le département d'enseignement des médias à l'université d'Austin (Texas).

tellement efficace qu'elle découragerait d'éventuels continuateurs du genre. Dans les années 1970, en effet, l'espionnage était depuis longtemps un genre littéraire à part entière, inventé par les Britanniques comme Ian Fleming ou John Le Carré[3] – un genre qui était vite devenu une accumulation de clichés[4]. Appuyé sur la culture populaire et sur sa culture générale propre, qui était encyclopédique, Trevanian procéda par ordre, comme il le raconta plus tard : il inventa d'abord le ton de son narrateur, puis une intrigue digne de ce nom, et s'attaqua ensuite à la construction de son personnage principal – Nicholaï Hel. Au sommet de la construction, ainsi qu'au cœur du livre, il plaça le mot qui donna son nom à ce roman : *Shibumi*.

Shibumi, qui fut un immense succès et demeure le roman le plus célèbre de l'œuvre de Trevanian, a largement contribué à vulgariser le mot dont il porte le titre. C'est un mélange de lieux communs du roman d'espionnage traités avec ironie, de coups de génie presque

---

3. Ian Fleming et John Le Carré, qui avaient tous deux en commun un temps de service réduit dans le renseignement et une grande finesse de jugement, donnèrent respectivement naissance aux personnages littéraires de James Bond et de George Smiley. À leur tour, ces deux héros de roman eurent en commun d'avoir été littéralement brisés par l'appareil du service et de lui avoir sacrifié leur vie personnelle à leur corps défendant – tout en étant l'exact opposé l'un de l'autre, au physique comme au mental. Signalons par parenthèse que le James Bond des romans n'a pas de gadgets, éprouve de vrais sentiments pour ses conquêtes et ne se tire pas sans dommage des situations les plus difficiles, ce qui en fait un héros moins caricatural que son adaptation à l'écran.

4. Comment ne pas penser à la série des *OSS 117* de Jean Bruce, moqués par Michel Hazanavicius dans ses deux films éponymes (*Le Caire, nid d'espions* et *Rio ne répond plus*) des années 2000 ?

prophétiques[5], de bonheurs d'écriture, de réflexions profondes, d'aphorismes réactionnaires, de descriptions pleines de vie et de justesse. On le trouvera admirable ou détestable selon la vision esthétique, morale et sensuelle que l'on a du monde[6]. Son héros, Nicholaï Hel, à la suite d'un concours de circonstances, va se retrouver traqué par les tueurs d'une puissante organisation supranationale, qui contraint l'appareil d'État américain à agir à son profit.

Le personnage de Hel, aidé en cela par les *flashbacks* du récit, fascine d'emblée : fils d'une aristocrate russe exilée en Chine, il a été élevé comme un fils par le dernier amant de sa mère, un général japonais qui lui a appris le go. Il poursuit son apprentissage au Japon pendant la Seconde Guerre mondiale puis, après diverses péripéties, devient le tueur le plus efficace de son époque, en travaillant indifféremment pour tous les camps. Sa fortune faite, il s'est retiré au château d'Etchebar, dans le pays basque français dont il a appris la langue en

5. On peut citer le super-ordinateur Fat Boy, qui a des fiches sur tout le monde et est capable de croiser les traces informatiques et administratives de chaque individu pour le cribler précisément. Trevanian avait prévu le Big Data. On peut aussi penser à la tyrannie faussement compassionnelle de la bien nommée *Mother Company*, qui préfigure la mutilation des valeurs féminines, devenues, à l'ère postmoderne, les injonctions infantilisantes de l'État.

6. Trevanian lui-même, sur le site internet qu'il avait mis en place peu avant sa mort en 2005, définissait ainsi le type psychologique de ses « fans » : « L'admirateur de Trevanian est une étrange et merveilleuse créature : c'est un *outsider* ; c'est un élitiste par nature ; ce n'est pas tant un cynique qu'un idéaliste déçu par la réalité ; et il ne fait pas vraiment partie de ceux qui [selon la formule américaine consacrée] défilent en ne suivant pas le même tambour que les autres : c'est plutôt un tambour solo, dans un défilé d'une seule personne. »

prison, avec sa concubine afro-japonaise, Hana, lorsque l'intrigue s'ouvre.

Avec une éducation si cosmopolite et aventureuse, Hel a appris à aimer le meilleur de chaque civilisation – et il va donc de soi, pour Trevanian, qu'il n'a rien trouvé pour lui dans l'*American way of life*, qui a d'ailleurs le bon goût de ne pas s'appeler *American civilization*. En particulier, il a décidé, dans son adolescence, de consacrer sa vie à la poursuite du *shibumi*, après avoir entendu son tuteur lui en parler. Voici donc les mots que Trevanian attribue à ce dernier, pour décrire la fugace vertu japonaise :

« Shibumi, *Monsieur* ? »

Nicholaï avait déjà entendu ce mot, mais à propos de jardins, d'architecture, où il suggère une beauté équilibrée.

« *Quel sens donnez-vous à cette expression, Monsieur ?*

— *Oh ! Un sens imprécis. Et incorrect, je le crains. Une tentative maladroite pour décrire une qualité ineffable. Comme tu le sais,* shibumi *implique l'idée du raffinement le plus subtil sous les apparences les plus banales. C'est une définition d'une telle exactitude qu'elle n'a pas besoin d'être affirmative, si touchante qu'elle n'a pas à être séduisante, si véritable qu'elle n'a pas à être réelle.* Shibumi *est compréhension plus que connaissance. Silence éloquent. Dans le comportement, c'est la modestie sans pruderie. Dans le domaine de l'art, où l'esprit de* shibumi *prend la forme de* sabi, *c'est la simplicité harmonieuse, la concision intelligente. En philosophie, où* shibumi *devient* wabi, *c'est le contentement spirituel, non passif ; c'est exister sans l'angoisse de devenir. Et dans la personnalité de l'homme, c'est... comment dire ? L'autorité sans la domination ? Quelque chose comme cela.* »

Dans ce paragraphe, qui peut être lu et médité un certain temps, on trouve le substrat de ce que le *shibumi* recouvre. On voit aussi, à la fin de cette belle définition, poindre une leçon de commandement : « l'autorité sans la domination ». C'est, en quelque sorte, tout l'inverse de ce que met en place l'organisation que combat Hel, la *Mother Company*, allégorie de la puissance publique contemporaine, étatique ou non, qui écrase brutalement sans chercher à exercer la véritable autorité.

Cette quête du silence éloquent, de l'élégance sobre et de la puissance assourdie[7], qui sera le but de la vie de Nicholaï Hel à partir de ce moment, fait écho à tout un monde esthétique. Le *shibumi* prend place, dans la réalité, au sein d'une vision de la vie spécifiquement japonaise, dans laquelle les images se renvoient les unes aux autres. Il fait ainsi écho aux notions d'*iki*, *wabi* et *sabi*.

Monde flottant, *iki* et sobre détachement

En 1600, au Japon, Tokugawa Ieyasu établit son pouvoir en remportant la bataille de Sekigahara ; la dynastie Tokugawa prit le pouvoir, qu'elle ne rendrait qu'en 1868, avec l'ère Meiji. Tokugawa reçut le titre de *shogun*, c'est-à-dire premier ministre, en 1603, et décréta que la nouvelle capitale ne serait plus Kyoto (où demeurait

7. Cette puissance est également exprimée sous la forme de métaphores dans le livre : la passion de Hel est la spéléologie, un sport dangereux mais invisible depuis la surface. Sa voix, quant à elle, est devenue une sorte de murmure impérieux, à la suite de longues années d'isolement en prison.

pourtant l'empereur), mais Edo, la future Tokyo. Les grandes familles aristocratiques, celles des *daimyo* (mot qui signifie « grand nom »), durent rester à Edo en permanence, tandis que les chefs de famille passaient alternativement une année à la Cour, en famille, et une année sur leurs terres.

La reprise en main de la société, et l'instauration d'un système de classes plus rigide qu'auparavant, s'accompagnèrent à Edo d'un développement des arts et de la culture. Il s'agissait autant d'une volonté de domestiquer les samouraïs que d'un développement spontané de la classe marchande d'Edo, que l'enrichissement, lié au changement de capitale, portait aux plaisirs.

L'éducation aristocratique se mit à insister davantage sur les arts, dont l'apprentissage devait accompagner celui du maniement des armes : calligraphie, poésie, art floral devinrent partie intégrante de la formation du guerrier dès le début de l'ère Tokugawa – au point d'être résumés par la phrase « *Bun bu ichi* » (« les arts, le guerrier, ne font qu'un »). Au même moment, la société aisée d'Edo, envahie par une indolence contemplative, commença à utiliser ironiquement le concept bouddhiste d'*ukiyo* (monde flottant), censé rappeler l'impermanence de l'existence matérielle (et donc la nécessité de se consacrer aux œuvres spirituelles), comme une invitation au plaisir et à la nonchalance, un peu comme le *carpe diem* d'un Horace.

Cette façon « flottante » d'aborder le monde sera décrite en 1661 par Asai Ryoi, dans le *Dit du monde flottant* :

Vivre seulement pour l'instant ; contempler la lune, la neige, les cerisiers en fleurs et les feuilles d'automne ; aimer le vin, les femmes et les chansons ; se laisser porter par le courant de la vie comme la calebasse flotte au fil de l'eau.

Pour la première fois dans l'histoire du Japon, le modèle dominant change. Ce n'est plus seulement l'austérité martiale du samouraï qui sert d'idéal, c'est aussi la légèreté du citadin cultivé et raffiné – et, parmi ces citadins, ce sont les *geishas* et les prostituées de haut vol qui dictent la norme en matière de style et d'élégance[8].

En effet, le Japon qui, au XVIIe siècle, persécute les chrétiens, n'a pas la même prévention que l'Europe catholique contre les prostituées qui, à Edo, sont organisées en un système de castes bien précis, dont le prestige va croissant jusqu'aux *tayu* et aux *oiran*, que le client doit séduire à grands frais. Les *geishas*, elles, ne couchent jamais avec leurs clients, mais maîtrisent au plus haut degré l'ensemble des arts qu'il convient, pour une femme japonaise de cette époque, d'exercer pour divertir un homme : chant, danse, culture générale, poésie, bel esprit. Elles sont belles, intelligentes, drôles, sensuelles et inaccessibles. Elles se savent suffisamment éduquées pour ne pas avoir besoin d'être aussi coquettes ou apprêtées que les *oiran*. Leur sophistication intrinsèque les autorise à se comporter simplement : c'est même leur brillante sobriété qui plaît. Leur expérience, de la vie et des rapports de séduction, leur a donné le sens de la repartie, jusqu'à l'insolence, le sens de l'humour aussi,

---

8. Au point, par exemple, de guider la mode. Chaque année, dans le quartier de plaisir de Yoshiwara, les courtisanes de haut vol (*oiran*) organisaient ainsi un grand défilé (*oiran dochu*), dont les trouvailles inspiraient, sans fausse honte, les femmes de la bonne société d'Edo.

et a égratigné leur cœur, sans toutefois les rendre cyniques. Ces *geishas* vont faire naître autour d'elles, dans le monde flottant de Yoshiwara, le « quartier chaud » d'Edo, une nouvelle forme de perfection esthétique : l'*iki*, mot que l'on peut traduire, tant il est encore employé dans le Japon moderne, par « chic ».

Plus près de nous, en 1930, le philosophe Kuki Shuzo[9] écrivit un court et magistral ouvrage, *La structure de l'*Iki, dans lequel il tentait de circonscrire cette notion, qui fut le cœur de l'élégance du XVIIe siècle japonais et imprégna les représentations esthétiques par la suite. Il voyait, dans l'*iki*, la quintessence du caractère japonais : la rencontre du caractère fascinant de la *geisha* dans les rapports homme-femme (créer une forme d'attraction élégante et magnétique, sans apprêts et non-conformiste), de la bravoure et de l'audace du samouraï dans la vie quotidienne (parler et vivre avec concision, avec esprit, bravade[10] et sans peur[11]), ainsi

9. Né en 1888, mort en 1941. Étudiant brillant, issu de la bonne société japonaise, il passa huit ans en Europe, entre 1921 et 1929, pour développer sa connaissance de la pensée occidentale ; il rencontra Bergson à Paris, convainquit Sartre de s'intéresser à l'œuvre de Martin Heidegger (que Sartre pilla sans vergogne pour vendre ses propres concepts), puis voyagea en Allemagne, où il suivit d'abord l'enseignement d'Edmund Husserl en phénoménologie, avant de suivre les séminaires de Heidegger lui-même, à Marburg, à partir de l'hiver 1927-28 : il fut ainsi auditeur des séminaires consacrés à la *Critique de la raison pure* de Kant, à l'étude de la logique à la lumière de l'œuvre de Leibniz, ou encore à la *Physique* d'Aristote. *La Structure de l'iki* sera d'ailleurs remarquée par Martin Heidegger, qui déclarera publiquement qu'il aurait aimé en rédiger la préface, et qui, semble-t-il, lui rendra hommage dans l'un de ses *Entretiens* : « Entre un Japonais et un qui interroge ».

10. Kuki prend deux exemples de cette bravade : les pompiers d'Edo, puis de Tokyo, qui allaient toujours pieds nus, même en hiver ; les samouraïs affamés, qui se curaient ostensiblement les dents pour faire croire qu'ils avaient festoyé.

11. Voir « AIKA ».

que de la résignation un peu nostalgique du prêtre bouddhiste face au caractère triste et éphémère des choses. Il y décrivait aussi une forme de simplicité honnête et bouleversante, une fraîcheur sans naïveté, une douceur sans faiblesse, qu'il résumait par l'image du sourire tendre et sincère d'une belle femme qui vient de pleurer.

Avant l'ère Tokugawa, cette douce et calme tristesse face au monde et au temps, qui exclut la mièvrerie, se retrouvait aussi dans deux mots parmi les plus connus de l'esthétique japonaise : *wabi* et *sabi*. Souvent associés l'un à l'autre, ils expriment l'acceptation de l'imperfection des choses[12] (asymétrie, rugosité, aspect rustique), une préférence pour la sobriété (couleurs neutres, matériaux bruts, formes simples) et une forte relation avec l'environnement (matières naturelles, durabilité, acceptation de la patine du temps, réparations multiples). On se doute que ce dernier critère a rencontré un vif succès à l'époque contemporaine – et ce, bien souvent, sans le moindre attachement à la philosophie qui l'accompagne. *Wabi* fait davantage référence à la solitude et à la mélancolie paisible, ainsi qu'au spectacle de la nature ; *sabi* est plutôt lié aux marques du temps, à ce qui reste et se

12. Une anecdote célèbre illustre ce goût de l'imperfection. Le maître Sen no Rikyu (1522-1591), considéré comme l'un des créateurs de l'art du thé (*chado*) et de l'esthétique *wabi-sabi*, demanda un jour à son disciple de ratisser les feuilles d'automne dans le jardin. Le disciple enleva toutes les feuilles. Rikyu vint inspecter et lui dit que son travail n'était pas parfait. Il frappa alors le tronc d'un arbre, faisant tomber deux ou trois feuilles mortes, afin que le jardin soit parfait, justement par son imperfection.

répare[13], à ce qui est simple et durable. Tous deux sont évoqués par le tuteur de Nicholaï Hel lorsqu'il définit le *shibumi* à sa manière.

De fait, la fixation de l'acception esthétique du mot *shibumi* date, comme celle de l'*iki*, du début de l'ère Tokugawa, un siècle après l'âge d'or de la cérémonie du thé et du *wabi-sabi*. Il s'agit d'une acception métaphorique : en effet, le mot *shibumi* désigne, à l'origine, le goût « délicieusement acide » du kaki.

L'équilibre de l'ombre

On le voit, l'idéal de *shibumi* trouve un écho dans ceux d'*iki*, de *wabi* et de *sabi*, qui font eux aussi partie de l'esthétique japonaise. Il en est toutefois bien distinct : à la différence du *wabi* et du *sabi*, il s'applique tout autant à une personne qu'à un moment, un objet ou un lieu ; à la différence de l'*iki*, il n'est pas lié à un paysage intérieur de mélancolie, fût-elle douce, mais bien à un contentement spirituel paisible. Surtout, ce mot possède l'avantage de désigner des qualités en apparence opposées, dont il est le point d'équilibre[14].

L'idéal « délicieusement acide » (*shibui*) du *shibumi*, dont l'inverse est *amami*, le goût sucré et douceâtre, fait en effet référence, comme le tuteur de Nicholaï Hel

---

13. Ainsi de la technique du *kintsugi*, qui consiste à réparer de la vaisselle cassée en la suturant avec de l'or fondu.

14. Voir « COOL ».

le décrit sous la plume de Trevanian, à ce qu'on pourrait percevoir comme tout et son contraire : l'efficacité sans effort ; le charisme et la modestie ; la perfection et l'asymétrie ; l'élégance et la simplicité. Il s'agit de se tenir à égale distance de toutes ces qualités pour les posséder au plus haut degré. Il s'agit aussi de s'appuyer sur l'ombre, c'est-à-dire sur la modestie, la réserve, le silence et le calme, pour mieux faire ressortir la lumière, c'est-à-dire les qualités qui relèvent de « l'autorité sans la domination ».

Dans son célèbre *Éloge de l'ombre* (1933), Junichiro Tanizaki montrait que ce qui donnait du charme à l'esthétique du Japon était justement le couple clair-obscur[15] ; le fait de deviner les objets plutôt que de les voir en pleine lumière ; le fait d'habituer son œil à une flamme familière plutôt qu'il ne se plie à une lumière électrique. Il en va de même pour les qualités sobres, peu évidentes au premier regard mais pourtant d'autant plus irréfutables, que fait prospérer le *shibumi*. Pour revenir une fois encore sur le concept d'« autorité sans domination », en termes de style de commandement, il s'agit bien d'insuffler un esprit, de donner une impulsion, plutôt que d'écraser autrui afin de lui prouver ou de se prouver qu'on lui est effectivement supérieur.

À l'opposé des pseudo-vertus criardes, qui sont à la tranquille assertivité ce que le néon est à la bougie, le *shibumi* s'appuie sur une vie riche et patinée par l'expé-

15. On signalera également aux amateurs la recette très *shibui* des sushis aux feuilles de kaki, que Junichirô Tanizaki partage généreusement avec son lecteur au milieu de l'ouvrage. Toute pensée, après tout, doit être vécue !

rience du monde, sur la simplicité qui résulte d'une longue réflexion, sur l'apparente tranquillité que procure la sagesse.

Quelques notes sur les réverbérations du *shibumi*

Accepter l'entropie et l'imperfection. Ce qui est beau n'est pas neuf mais, au contraire, raconte une histoire – cela vaut pour les objets comme pour les paysages ou pour la vie. La sobriété pleine de sens ne s'obtient qu'après avoir cherché, échoué, travaillé. Cela vaut également pour le commandement, qui est aussi fait de reprises, d'erreurs, d'approximations très humaines. Tout est toujours à refaire et va vers la décomposition et le désordre. Les armées luttent contre l'entropie en préservant provisoirement l'apparence de ce qui peut l'être (avec, autrefois, le cirage quotidien des brodequins de marche, par exemple) ; du point de vue de l'existence en revanche, il est vain de rivaliser avec la perfection de la nature. Les temples japonais sont, bien souvent, volontairement asymétriques – tout comme l'étaient les temples grecs dont les colonnes apparemment parfaites n'étaient pas, à dessein, strictement alignées, pour ne pas entrer en compétition avec l'ordre naturel. Rien de ce que nous faisons ne sera jamais parfait, et c'est très bien comme cela.

« L'autorité sans la domination » : commander consiste à faire grandir. Le mot « autorité » vient du latin *auctoritas*, qui dérive du verbe *augere*, augmenter. Exercer son autorité, c'est augmenter ceux qui nous sont confiés, les faire croître. Pour cela, il faut leur laisser de la place, en corrigeant simplement ce qui doit l'être et en enlevant ce qui est de trop, comme un jardinier. Dans *Shibumi* d'ailleurs, à la question qu'un visiteur lui fait sur son jardin, Nicholaï Hel répond que celui-ci ne cesse de s'améliorer parce qu'il « devient plus simple d'année en année ».

« Le poisson ne nage pas en eaux claires. » Ce proverbe japonais est tiré du *Hagakure*, une sorte de bréviaire du samouraï – autre livre qui mérite le détour. Le chef ne doit pas chercher à tout savoir, à tout comprendre. Plus les années passeront et moins il en aura le temps. La vie de la troupe a besoin d'une part d'ombre, d'un angle mort auquel le chef consent volontairement.

Tout finira dans une cantine de 80 litres. Au lieu de chercher la reconnaissance extérieure, il y a bien plus de vraie joie intérieure à ne trouver sa récompense qu'en soi-même (et en Dieu, pour ceux qui croient en Lui). Médailles, galons, décorations, cadres et coiffes finiront à la cave ou au grenier, dérisoires souvenirs d'une carrière qui file à vive allure et repose sur des marques visibles pour provoquer des réactions simples (fierté, respect mutuel, identification). On rejoint ici l'éphémère et dérisoire aventure humaine, dont témoigne l'élégante décrépitude du *sabi*. Ce que nous construisons en réalité n'est pas une carrière mais une vie, dont la seule mesure est le nombre d'âmes que l'on a élevées. Nous sommes plusieurs milliards sur terre, nous avons tous une mission : par conséquent, toutes les missions ne sont pas grandioses. Il faut accepter, et même aimer, cette possibilité.

SOLO

Anybody can play. The note is only 20 percent.
*The attitude of the motherf*cker who plays it is 80 percent*[1].
The music has gotten thick. Guys give me tunes and they're full of chords. I can't play them... I think a movement in jazz is beginning away from the conventional string of chords, and a return to emphasis on melodic rather than harmonic variation. There will be fewer chords but infinite possibilities as to what to do with them[2].
MILES DAVIS

Il n'y a rien de sage qui n'ait déjà été pensé ;
il s'agit seulement de le penser encore une fois.
JOHANNES WOLFGANG VON GOETHE

Jazz is not a what, it is a how[3].
BILL EVANS

1. « Tout le monde peut jouer. La note ne compte que pour 20 %. L'attitude du *motherf*cker* qui la joue compte pour 80 %. »

2. « La musique est devenue épaisse. Les mecs me donnent des titres qui sont pleins d'accords. Je ne peux pas les jouer... Je pense qu'un mouvement commence à se mettre en place dans le jazz, qui consiste à s'éloigner du tapis d'accord conventionnel, avec un retour de l'effort sur la variation mélodique davantage que sur la variation harmonique. Il y aura moins d'accord, mais des possibilités infinies d'en faire quelque chose. »

3. « Le jazz n'est pas un "quoi", c'est un "comment". »

Venu de la musique italienne, où il signifie « seul », le solo désigne, en jazz puis dans tous les autres styles musicaux, le moment où l'un des instrumentistes improvise sur les accords d'un standard. C'est l'occasion pour lui, sur une grille déjà bien connue, de livrer une interprétation à chaque fois nouvelle, et qui est l'expression directe de sa personnalité.

Fake book, Real book **et standards**

Les années 1920 et 1930, décennies de développement exponentiel du jazz, ont généré un argot qui lui était propre, et qui n'a cessé de se développer par la suite. Le mot « jazz » lui-même était d'ailleurs un mot d'argot aux origines incertaines[4]. Nombre de ces mots d'argot sont dus à l'inventivité des plus célèbres jazzmen, dont Lester Young, l'un des précurseurs du style *cool*. On peut citer, parmi des centaines, le nom *cat* (initialement *hep cat*) pour désigner les musiciens[5], ou encore les adjectifs *beat* (fatigué, blasé)[6] ou *hip* (à la mode, populaire)[7], qui

---

4. Voir « COOL ».

5. Double sens sur lequel jouera le dessin animé de Walt Disney *Les Aristochats*, dans la scène des chats musiciens – notamment avec la chanson *Tout le monde veut devenir un* cat.

6. Adjectif que reprendra Jack Kerouac pour désigner la *beat generation* dès 1948. Ce mouvement rebelle, libertaire et déçu par tous les idéaux influencera les *beatniks* de la contre-culture américaine des années 1960.

7. Adjectif qu'utiliseront les *hipsters* de la côte ouest dans les années 1950, amateurs de *jazz cool* et souvent provocateurs (comme le comédien Lenny Bruce). Le mot sera, comme on le sait, repris pour désigner les anticonformistes aisés de New York dans les années 2000 et leurs imitateurs européens, ainsi que les signes les plus visibles de leur mode de vie (barbes, tatouages, vêtements).

entreront dans le langage américain courant, comme tant d'autres. Un certain nombre de ces mots désignaient évidemment la musique proprement dite : instruments, énergie, style, critiques et louanges, mais aussi aspects techniques, partitions et morceaux.

Depuis les origines, ou presque, le processus qui fait d'un morceau de musique un *standard* est simple : un air qui a du succès, qu'il soit issu de la musique noire, des comédies musicales de Broadway, des films populaires ou qu'il soit une composition originale, devient un *standard*. Le jazz attrape tout ce qui plaît, tout ce qui fait danser ou rêver, et le remet à sa main. Ces standards s'appuient sur des accords, regroupés sous la forme d'une « grille ». Comme sur les partitions de guitare, par exemple, les accords de l'harmonie (la main gauche du piano) ne sont pas relevés sous forme de notes de musique, mais sous forme de lettres et de chiffres, selon la notation américaine[8] : A7, par exemple, désigne un accord de septième[9] de la majeur. Pour un musicien qui sait lire ces accords sans hésiter, il est donc facile de s'adapter à un morceau, même lorsqu'il ne le connaît pas : tout tient sur une petite feuille, l'harmonie dont il n'a qu'à jouer les accords, et la mélodie qui est simple à déchiffrer.

8. La notation européenne (ut/do-ré-mi-fa-sol-la-si) est due à Guido d'Arezzo qui, au XIIe siècle, utilisa les premières lettres de chaque vers latin du *Cantique à saint Jean-Baptiste* : *UTqueant laxis/REsonare fibris/MIra gestorum/FAmuli turorum/SOLve polluti/LAbii reatum/ Sancte Iohannes.*

9. Pour rester simple, il s'agit d'atteindre la septième note en partant de la, c'est-à-dire le sol. On ajoute en général la tierce, la troisième note – do dièse dans ce cas précis.

En 1942, un homme nommé George Goodwin, directeur de radio, eut l'idée de relier ces petites feuilles et de les vendre aux musiciens, sous un format facile à transporter, de la taille des fiches d'une bibliothèque. Ces compilations, qui étaient illégales, puisque aucun droit d'auteur n'était versé aux artistes, furent rapidement appelées des *fake books.* En toute logique, l'argot du jazz s'adapta et s'appropria le verbe *to fake*, auquel il donnait le sens de « déchiffrer une partition » (jouant sur le double sens du mot *fake*, avec ces « faux livres » qui permettaient aussi de « se faire passer » pour quelqu'un qui connaissait le morceau)[10]. Plus tard, dans les années 1970, les étudiants en musicologie de l'université de Berklee mirent au point ce qu'ils appelèrent par opposition le *Real Book*, première version plus conventionnelle des standards de jazz. De nombreuses autres versions suivirent, furent mises sur le marché, et des dizaines de *real books* peuvent désormais être achetés sur Internet.

Toutefois, *fake* ou *real books*, le principe reste le même : ce qui est original dans le jazz n'est pas le morceau de musique, qui est un standard et peut venir de ce qu'il y a de plus populaire, de plus connu, de plus *cheesy*[11]. Ce qui est important, c'est l'interprétation qui en est faite par le groupe et, surtout, la façon dont le ou les solistes le transcendent.

10. On peut penser au proverbe - assez typiquement américain - *fake it until you make it* (« fais semblant jusqu'à ce que tu y arrives [pour de vrai] »).

11. Voir « COOL ».

Eadem sed aliter[12]

De la même manière que l'art est initialement fait pour les temples ou les églises, les palais ou les maisons, et certainement pas pour les musées, créations bourgeoises tard venues qui éloignent la beauté du quotidien, la musique n'est pas faite pour être tenue à distance de la réalité. Les airs les plus humbles, les plus triviaux, peuvent et doivent servir de base au déploiement du génie. Avec le jazz, tout peut devenir un standard : les comédies musicales (*My Favorite Things*, issu de *The Sound of Music*, en français *La mélodie du bonheur*, sera notamment repris en *free* jazz[13] par le saxophoniste John Coltrane), les dessins animés (*Un jour mon prince viendra*, tiré de *La belle au bois dormant*, sera magnifié par les reprises de Miles Davis ou du pianiste Bill Evans), mais aussi la musique classique (l'orchestre de Duke Ellington reprenant le *Peer Gynt* de Grieg), et plus récemment les Beatles dans la version qu'en donne John Pizzarelli, ou encore le pianiste britannique Jamie Cullum reprenant les toutes dernières chansons de variétés (récemment *Shape of You* d'Ed Sheeran) – tout fonctionne.

Un morceau de jazz se joue presque toujours selon le même schéma : les musiciens exposent le thème en entier, puis chaque instrumentiste improvise sur un nombre de mesures donné (en général le même nombre que pour jouer l'air) ; enfin, tous reprennent une dernière

12. « Les mêmes choses, mais d'une autre façon. »

13. Variante audacieuse, bien souvent inaudible, dont les pionniers furent Coltrane et Ornette Coleman.

fois le thème. L'improvisation constitue le solo. Chaque fois que le morceau est joué, il l'est donc totalement différemment, au gré de la fantaisie du soliste. D'ailleurs, les musiciens de jazz n'ont pas seulement l'humilité de faire feu de tout bois pour choisir leur répertoire. Comme pour reconnaître qu'il n'y a rien de nouveau sous le soleil, ils pratiquent également la citation, ou *quote*, qui consiste à insérer, dans un solo, quelques mesures d'un air connu (généralement un autre standard), en forme de clin d'œil à l'adresse du public.

Ce qui compte dans une improvisation tient en quelques éléments : en quelque sorte, il s'agit de refaire sans cesse la même chose (jouer les mêmes morceaux) mais à chaque fois d'une autre façon, *eadem sed aliter*, devise que Schopenhauer assignait à l'histoire et qui vaut pour presque tout. Les exemples venus du piano sont les plus faciles à expliquer ; pour la bonne compréhension et le plaisir du lecteur, la plupart des morceaux et des artistes évoqués ci-après peuvent être écoutés très facilement.

D'abord, il faut avoir quelque chose à raconter. Une erreur fréquente est de penser faire illusion avec une grande virtuosité technique, mais sans âme. Le cas de Thelonious Monk, compositeur du standard *Round Midnight* (1944), bande originale du film *Autour de minuit* de Bertrand Tavernier (1986), est à l'opposé : sachant qu'il n'avait pas besoin de prouver quoi que ce soit, il jouait des notes apparemment dissonantes et ne se souciait pas de faire illusion. La légende raconte que certains de ses solos ne se composaient que de quelques notes. Monk rejouait sans cesse les mêmes mélodies, qui étaient souvent ses propres compositions.

Ensuite, ce que l'on a à raconter, il faut le dire dans un style personnel, qui ne supporte que la sincérité. Les standards, si l'artiste ne donne pas tout ce qu'il est pour les interpréter, ne sont qu'une énième reprise. Il n'y aura pas de miracle. À l'inverse, il suffit de comparer la façon qu'ont les grands pianistes de jazz d'utiliser le clavier pour prendre acte de leur personnalité.

Au style de Monk, agressif et minimaliste, on peut ainsi comparer celui d'autres pianistes : Oscar Peterson, élégant et aérien[14], Michel Petrucciani, solide et expressionniste, McCoy Tyner et ses accords de quarte, et surtout, au sujet des solos, l'immense Bill Evans, qui concentre toutes les qualités du soliste de jazz : appropriation des standards, personnalité riche et créative, esprit d'équipe dans lequel le plus brillant des solistes n'est rien sans les autres membres du groupe.

Bill Evans, quintessence du soliste

William John Evans (1929-1980), qui s'est fait connaître au moment de l'apogée du *cool*, dont il fut l'un des artisans, a littéralement réinventé le style des pianistes de jazz. Petrucciani reconnaissait lui-même qu'il essayait de s'inspirer de lui sans prétendre y parvenir. Formé à l'école des classiques (Bach surtout), inspiré par les

14. L'album *We get requests* (1964) est un bon exemple de reprises de standards.

extensions de notes de Debussy[15], Evans développa une expression propre, d'une grande richesse, marquée par une inventivité profonde, l'art de la retenue et le respect de ses musiciens.

D'un point de vue créatif, il avait toujours quelque chose à dire. Après avoir enregistré *Kind of Blue* avec Miles Davis, il eut l'idée brillante de mettre en scène ce qu'il aimait dans le jazz, et la façon dont il concevait ses mélodies en son for intérieur. Il le fit d'abord avec *Portrait in Jazz* (1960), une sorte de portrait chinois en quelques standards, puis, plus encore, avec une trilogie d'albums enregistrés en *overdubbing* : *Conversations with Myself* (1964), *Further conversations with myself* (1967) et *New Conversations* (1973). Concrètement, dans ces trois albums, Evans a enregistré trois fois son jeu au piano pour chaque piste, en jouant à chaque fois par-dessus sa prestation précédente. Au premier passage, il jouait la base du thème. Au deuxième, il ajoutait des commentaires. Au troisième, il surbrodait par-dessus les deux premières pistes. Le résultat permet d'entendre trois pianos, joués par le même homme, qui se parlent littéralement ; à l'écoute, chacun arrive d'un endroit différent. Le résultat donne l'impression d'une immersion dans le monde de l'artiste.

D'un point de vue technique, il privilégia la suggestion, plutôt que des effets trop démonstratifs, et l'attention portée à ses musiciens. La suggestion était

15. Nombreux sont d'ailleurs les jazzmen qui citent son *Prélude à l'après-midi d'un faune* (1894) comme un choc émotionnel.

assurée par des accords serrés (en *cluster* – les notes jouées se trouvant les unes à côté des autres), dans un ordre inhabituel et sans insister sur la tonalité[16]. Il choisissait ses accords avec un art consommé du *voicing* (cette « voix », comme la voix humaine, faisant référence à la hauteur des notes et aux sentiments exprimés), et faisait particulièrement attention à jouer toujours vers le milieu du piano. La raison était simple : il voulait laisser à son bassiste toute l'étendue des sons graves, ne pas empiéter sur son domaine, même si le trio portait son nom à lui. Il ne s'agissait pas de mettre un artiste en vedette, mais bien de permettre une conversation entre les instrumentistes.

D'un point de vue pas si anecdotique que cela, avant qu'il ne succombe à la mode hippie des années 1970, il n'est pas inintéressant de constater au passage que l'attitude de Bill Evans dans les années 1960, son *look*, ne cherchait en rien à le démarquer de ses contemporains, à « faire l'artiste ». Bill Evans sur la pochette bleue de *Sunday at the Village Vanguard* (1961), c'est le Don Draper de la série *Mad Men* au piano : il n'y a pas l'ombre d'une flamboyance de pacotille. Evans ressemble à tous les Américains moyens de la décennie ; son génie seul le distingue, et parle sans artifice.

---

16. Au lieu de jouer la fondamentale (le do dans un accord de do), la tierce et la septième dans cet ordre, Evans l'omettait systématiquement, puisque l'oreille la devine toujours, et renversait les accords : un accord de do, dans l'ordre du piano, donnerait do-mi-si. En enlevant la fondamentale et en renversant l'accord, on obtient un simple si-mi, plus original et plus léger. On peut ensuite y ajouter des extensions (d'autres notes) qui donnent des couleurs différentes à l'accord.

Un soliste de jazz n'est donc pas un personnage, c'est simplement une personne, qui s'exprime d'une manière neuve dans un cadre donné. Ce cadre est borné, le plus souvent, par les accords d'un morceau de musique qui existe déjà. Il l'est, toujours, par la présence à ses côtés d'autres musiciens, dont il ne se singularise que momentanément, sans jamais oublier qu'il fait partie d'une équipe.

Ces caractéristiques permettent d'envisager deux constantes du solo

La vraie liberté, c'est la discipline : la marge de manœuvre est totale parce qu'elle est réduite. La liberté d'improvisation n'est harmonieuse, et même bien plus, que parce qu'elle est cadrée par une double contrainte : celle des grilles d'accords et celle du nombre de mesures par soliste. Sans cela, ce ne serait pas de la musique. De même, les soldats qui servent dans l'armée se soumettent volontairement à une forte contrainte d'autorité, qui leur permet de développer leur personnalité.

Paradigme du standard de jazz contre paradigme de la voiture personnalisable. Cette idée est le corollaire de la précédente. À l'exact opposé de l'armée, une récente publicité présentait une voiture dont l'acheteur pouvait (il fallait y voir une porte ouverte sur l'originalité) choisir la couleur du toit, des portes, des rétroviseurs etc. Triste métaphore de la définition contemporaine de la liberté. Les options de personnalisation peuvent en effet être très nombreuses, mais, en fin de compte, c'est toujours de la même voiture qu'il s'agit. Les gens deviennent tous « différents, mais de la même façon ». L'attitude qui consiste à reprendre un standard de jazz est l'inverse : il s'agit de reconnaître que tout le monde joue toujours un peu les mêmes morceaux, et d'y apporter une vision originale, une façon d'agencer les détails et les accompagnements, marque d'un véritable artiste. C'est ainsi que dans l'armée, tout le monde est « pareil, mais d'une manière différente ». Toutes les actions, tous les types d'opérations, ont déjà eu lieu et auront encore souvent lieu dans leurs grandes lignes. Il s'agit simplement, pour le chef, d'apporter sa touche personnelle, son inventivité, à des accords qui sont ceux d'un standard.

WALDGANG

Être informé de tout et condamné ainsi à ne rien comprendre, tel est le sort des imbéciles. Toute la vie d'un de ces infortunés ne suffirait pas probablement à lui permettre d'assimiler la moitié des notions contradictoires qui, pour une raison ou pour une autre, lui sont proposées en une semaine. Oui, je sais que je suis presque seul à dénoncer si violemment ce crime organisé contre l'esprit. Je sais que les imbéciles dont je prends ainsi la défense n'attendent que l'occasion de me pendre, ou peut-être de me manger, car où s'arrêtera leur colère ? N'importe ! Je répète que ce ne sont pas les Machines à tuer qui me font peur. Aussi longtemps que tueront, brûleront, écorcheront, disséqueront les Machines à tuer, nous saurons du moins qu'il y a encore des hommes libres, ou du moins suspects de l'être. La plus redoutable des machines est la machine à bourrer les crânes, à liquéfier les cerveaux.

GEORGES BERNANOS[1]

Le pessimisme est excusable, quand il est
la protestation impuissante d'une vie manquée.

GEORGES BERNANOS

1. Bernanos (Georges), *La France contre les robots*, Le castor astral, 2015 [éd. originale 1947].

Venu d'une vieille tradition scandinave reprise par Ernst Jünger dans un de ses livres, le mot *Waldgang* fait référence à la possibilité, pour un criminel, de partir se cacher au Nord, dans la forêt profonde ; il y vivait libre, mais toute personne qui le rencontrait avait le droit de le tuer.

La société moderne a étouffé la liberté d'expression ; l'armée, par exemple, utilise le devoir de réserve comme une camisole de force. Les pessimistes, ceux qui en font trop, qui hurlent et cognent contre les murs, ne rencontrent face à eux, comme les fous, que des électrochocs ou des médicaments abrutissants. Les électrochocs, ce sont les punitions contre les délits d'opinion, ce sont la violence et la haine de ceux qui « luttent contre la haine » ; les tranquillisants, ce sont la télévision, outil d'avilissement des masses, Internet, la pornographie, les journaux. Le refuge, sûr et silencieux, est la forêt intérieure, qui permet d'attendre le retour du printemps – la forêt dans laquelle on est libre.

Figures jüngeriennes (1) : le Soldat et le Travailleur

Ernst Jünger est né en 1895 à Heidelberg, dans une famille bourgeoise et cultivée. Il s'évade du ronron familial à dix-sept ans pour s'engager dans la Légion étrangère. Son père le rattrape en Afrique. Engagé en 1914, il est lieutenant dans les troupes de choc, ancêtres des commandos, blessé quatorze fois et décoré de la croix *Pour le Mérite*, partageant ce privilège avec une petite poignée de chefs de section, dont Rommel.

Il écrit sur le combat d'infanterie (*Orages d'acier* notamment, ainsi que *La guerre comme expérience intérieure*), montrant l'influence qu'exerce la guerre sur l'âme et l'esprit de l'individu. Il s'intéresse ensuite à la philosophie, à l'entomologie (qui sera la passion scientifique de sa vie), ainsi qu'à la Révolution conservatrice, dont il est l'une des grandes influences, et qui méprise la pitoyable et décadente république de Weimar. Le Jünger de cette époque rêve de mobilisation totale de l'individu, à la prussienne, mais déteste déjà les nazis, leur sauvagerie, leur inculture, leur médiocrité.

C'est dans les années 1930 que Jünger construit sa deuxième « figure » romanesque, qui succède à celle du soldat, celle du travailleur, dans l'ouvrage éponyme (1932). Fasciné par les sociétés mécaniques et militaires, dans lesquelles, comme en Prusse, l'empereur n'est qu'un rouage d'un système qui ne dépend pas de lui[2], Jünger en appelle au sacrifice de l'individu pour la collectivité, et ce, déjà, sous un prisme à la fois esthétique et éthique. On trouve notamment dans *Le travailleur* ces lignes pleines de foi :

Ce qui importe n'est pas que nous vivions, mais qu'il redevienne possible de mener dans le monde une vie de grand style, et selon de grands critères. On y parvient en aiguisant ses exigences.

---

2. On retrouve bien ici la marque de la révolution conservatrice, notamment celle d'un Spengler, diagnostiquant *Le déclin de l'Occident* (1918-1922), paru en France en 1948, chez Gallimard, et qui dans *Prussianité et Socialisme (1918)* [Actes Sud, 1986] voyait dans l'union de ces deux apparents contraires l'avenir de la société allemande.

La montée du national-socialisme n'a jamais exercé sur Ernst Jünger la fascination qu'elle aura pour d'autres intellectuels européens. Il y voit la revanche des minables, comme le diagnostiquera aussi Georges Bernanos dans *Les enfants humiliés*. Il a surtout, et plus encore, vu ce qu'il y avait de diabolique dans le communisme, et singulièrement dans sa version stalinienne, la plus terrifiante. Aussi, lorsqu'il écrit *Sur les falaises de marbre* (1939), le régime hitlérien le prend-il pour lui ; il ne doit sa survie qu'à l'intervention d'Hitler, qui lui voue une grande admiration. Pourtant, Jünger dira plus tard qu'il pensait surtout à la cruauté orientale de Staline.

Jünger y raconte l'histoire du Grand Forestier, assisté de ses meutes de chasseurs sanguinaires, qui prend de l'influence et finit par ravager la paisible Campagna, qui se situe en haut d'immenses falaises de marbre, et la Marina, qui est en contrebas, au bord de l'eau. Ces contrées, qui sont si belles et tranquilles au début de l'ouvrage, deviennent un paysage de chaos. Le narrateur, qui vit avec son fils et son frère dans un monastère oublié, doit fuir cette submersion barbare. « Profonde est la haine qui brûle contre la beauté dans les cœurs abjects », constate son personnage, dans une formule qui est comme l'épitaphe du XXe siècle.

Pendant la guerre, Jünger est en poste à Paris. Il y vit la vie agréable des officiers d'état-major allemands, constatant lui aussi, comme le dira Sartre avec cynisme, qu'on n'a « jamais été aussi libre à Paris que sous l'Occupation ». Son *Journal*, tenu pendant ces années si particulières, est à cent lieues de l'historiographie républicaine – comme le sera *Le chagrin et la pitié* d'Ophüls après la guerre[3]. Son fils aîné, opposant au nazisme, est envoyé dans une unité disciplinaire sur le front italien. Par une étrange ironie du sort, le jeune Ernstel Jünger meurt au combat à dix-huit ans, en novembre 1944, à Carrare, non loin des célèbres carrières de marbre.

Les années qui suivent le déçoivent par leur nullité : il échange d'agréables lettres avec Heidegger, notamment au sujet des patois allemands, analyse méthodiquement les effets de plusieurs substances psychotropes, dont le LSD[4] (qu'il expérimente à soixante-seize ans), se livre à sa passion pour l'entomologie[5], mais surtout se met en devoir d'explorer les moyens de fuir la médiocrité triomphante sans attirer l'attention.

Figures jüngeriennes (2) : le Waldgänger et l'*Anarque*

Du point de vue politique, le Jünger d'après-guerre a vu que la mobilisation totale, vitaliste et industrielle, celle d'une sorte de techno-Prusse, était devenue impossible. Face à l'État répressif qui s'insinue partout, il ne reste que l'émigration intérieure. Ce sera le choix que feront ses deux dernières « silhouettes » romanesques.

---

3. Voir « GRANDEUR ».

4. Jünger (Ernst), *Approches, drogues et ivresses*, coll. « Folio Essais », Gallimard, 1991 [éd. originale 1971].

5. Jünger (Ernst), *Chasses subtiles*, Christian Bourgeois, 1993 [éd. originale 1967].

La première est celle du Rebelle – en allemand *der Waldgänger.* Reprenant la tradition des proscrits de Norvège et d'Islande, qui avaient le droit de se cacher dans la forêt pour se soustraire à la justice, Jünger propose une nouvelle définition de ce terme, que le mot « rebelle » ne rend pas tout à fait, car il comporte une part d'opposition, d'insoumission bruyante. La notion de *Waldgang* exprime l'inverse. Là où le soldat et le travailleur se sacrifiaient comme de simples rouages d'un système qui devait continuer, le *Waldgänger* prend la route des forêts, mentalement cette fois, car il refuse un écrasement devenu sans but. Voici la définition qu'en donne Jünger :

Est Rebelle quiconque est mis par la loi de sa nature en rapport avec la liberté, relation qui l'entraîne dans le Temps à une révolte contre l'automatisme, et à un refus d'en admettre la conséquence éthique : le fatalisme.

Celui qui se rebelle est donc fidèle à lui-même, à sa propre liberté, et refuse l'automatisation du monde, qui mène au renoncement (qu'on l'appelle fatalisme, comme Jünger le fait, ou qu'on lui donne d'autres noms plus *raisonnables*, comme « maturité », « recul » ou « réalisme »). Comme il sait que le Léviathan étatique l'empêchera toujours d'être ce qu'il est, de penser ce qu'il pense et de dire ce qu'il voudrait dire, il se retranche dans une forêt intérieure. Il échappe à l'endoctrinement et aux indignations organisées. Il comprend que, dans le monde contemporain – ce qu'Ernst Jünger n'aurait pas osé imaginer – tout ce qu'il représente est judiciarisable. Il choisit le refus par le silence. Ses actes parlent pour lui, mais faute d'étendard à sa mesure, il ne s'engage pas pour une idée.

La dernière figure, la plus récente, est celle de « l'Anarque », dans *Eumeswil* (1977). Ce roman d'anticipation, qui se passe dans une Afrique du Nord postmoderne, est narré du point de vue de Manuelo Venator, serveur de bar de nuit dans le palais du dictateur local, le Condor. Ce chef d'État est un homme cynique et sans pitié. Conscient de sa supériorité, il laisse conspirer avec mépris les groupuscules démocrates de la ville, un ramassis de ratés inoffensifs aux grandes idées verbeuses, dont fait partie le propre père de Venator.

Le jeune homme, lui, passe son temps libre à consulter le luminar, un système informatique qui lui permet de visualiser l'histoire du monde et de s'instruire sur n'importe quel sujet[6], sans oublier de consulter régulièrement son phonophore, un outil de communication sur lequel il doit être sans cesse joignable, et qui lui permet de recevoir des alertes vocales du régime[7]. Dans ce carcan étouffant, qui inciterait naturellement au fatalisme ou au pessimisme, Venator choisit de se mettre en retrait intérieurement, d'être un anarque, c'est-à-dire de ne pas « marcher dans la combine » de la société.

Il ne refuse pas de servir, il sert même en volontaire, mais il ne croit pas aux grands discours, aux « éléments

---

6. La parenté de ce « luminar », imaginé en 1977, avec les possibilités d'Internet, est troublante - à ceci près que, dans le cas du luminar, on peut vraiment vivre les évènements du passé en totale immersion.

7. *Idem* pour la parenté étonnante du phonophore avec les smartphones modernes.

de langage». Il n'est pas anarchiste, car il ne veut pas renverser la société : il sait que le régime ne serait remplacé que par un autre régime, aux figures tout aussi insignifiantes. Il est à l'anarchiste, comme le dit l'auteur, ce que le monarque est au monarchiste : il ne représente rien, il est. Il ne se berce pas de songeries révolutionnaires ; il n'est pas écœuré ; il n'est pas soumis. Il ne tient qu'à une seule chose : sa liberté individuelle, son authenticité propre, qui permet au monde d'être immuable sous ses métamorphoses. Là où le *Waldgänger* faisait un pas de côté, l'anarque reste physiquement au milieu du système, même et surtout s'il ne croit à aucune des fadaises que ce système lui raconte.

À l'inverse, les révoltés, les millénaristes laïcs croyant aux lendemains qui chantent se trompent : ils croient que le salut vient d'une nouvelle société, alors qu'il ne viendra que du cœur de chacun, de personnalités sincères et complètes. Pour le dire avec les mots de Jünger :

Pour en revenir à Eumeswil, nos îles sont peuplées de mécontents, dont la communauté ne tarde pas à se démasquer : c'est la vieille société, avec ce qu'elle a de droit et de tors. Eux conçoivent l'île comme un interrègne, comme une halte dans le voyage vers un monde meilleur. C'est ainsi qu'ils errent à travers les institutions, éternellement insatisfaits, toujours déçus. S'y rattache aussi leur goût des caves et des mansardes, de l'exil et des prisons, et encore du bannissement dont, par-dessus le marché, ils se font gloire. Quand enfin l'édifice s'effondre, ils sont les premiers à être écrasés par lui. Pourquoi ne savent-ils pas que le monde, dans son éternel changement, subsiste immuable ? Parce qu'ils ne trouvent pas la voie de la profondeur authentique, la leur. C'est là seulement qu'est l'essence, qu'est l'assurance.

En quelques mots

Pas de fanatisme politique. La politique est une suite de mensonges, et seul le pays mérite d'être servi. Que le cardinal soit le brillant Richelieu ou le méprisable Mazarin, la France est restée la France.

Pas de plaisir solidaire. Avoir besoin de faire partie de la mouvance du jour, quelle qu'elle soit, n'est pas digne, n'est pas authentique et ne dure qu'un temps. Le chef est par excellence celui qui est toujours seul, même et surtout quand il fédère. Celui qui hurle avec les loups n'est pas un loup.

Donner des gages au système pour avoir la paix. Pas n'importe quels gages toutefois : rien d'idéologique, rien de répréhensible, rien d'immoral. Faire ce qui doit être fait pour ne pas être poursuivi par la police de la pensée : avant-hier les Fouquier-Tinville, hier les penseurs autoproclamés, aujourd'hui la presse de caniveau et les associations hystériques.

Le pessimisme est pour les vaincus. Tout comme le cynisme est pour les déçus. C'est à nous de faire pencher la balance, à nous et aux cœurs que nous entraînerons.

Postface

Tout a été dit sur le commandement, et pourtant il reste tout à dire – étonnant paradoxe. Même ceux qui s'y sont employés, dont l'auteur de ces lignes, ne peuvent prétendre en avoir livré une définition aboutie qui mettrait un terme à la recherche.

Si l'on raisonne à l'extrême, on peut déduire qu'écrire sur le commandement, théoriser, ne sert à rien puisque la pratique du commandement se réduit à l'individu – toute tentative de généralisation est inutile, puisque la situation de commandement est unique et contingente. Cependant, nous savons bien que comme tout art, l'art du commandement se travaille.

Au cours de mes recherches, j'ai trouvé nombre d'ouvrages qui proposaient des recettes, même quand ils les affublaient du terme plus élogieux de principes. Par exemple : *Empower your subordinates*, idée qui n'est pas dépourvue de valeur mais qui ne se suffit pas à elle-même et n'est pas toujours la plus appropriée. La plupart de ces ouvrages abordent le commandement sous l'angle du savoir-faire, un ensemble de compétences, là où l'école française y voit un savoir-être, un ensemble de qualités. Si la victoire est la seule mesure du succès, alors l'école utilitariste a du sens car, au fond, on peut être commandé par un être totalement amoral qui, malgré tout, prend les bonnes décisions. Mais les nations apprennent fatalement que la victoire militaire n'apporte pas nécessairement la paix, ce qui tend à relativiser la portée historique de l'école utilitariste. En fait, la qualité humaine du vainqueur influence l'Histoire bien plus fortement que l'ampleur de sa victoire.

Si les recettes sont insuffisantes, alors il ne reste plus qu'à provoquer la réflexion pour que chacun, selon son propre vécu et ses aspirations, puisse se faire « sa » vérité, qui ne sera jamais absolue ni définitive. Cet ouvrage y contribue puissamment, en offrant des pistes de réflexion, parfois déroutantes, parfois cocasses, parfois contre-intuitives, toujours stimulantes.

La leçon que j'en retire, après une lecture plutôt amusée, est qu'avant de commander, il faut savoir *se* commander, car le chef aura toujours un premier subordonné : lui-même. Il devra dominer ses instincts, éviter la facilité, se forcer à l'activité, s'élever, sans sombrer dans les excès de l'activisme ou du rigorisme. Il y a dans cet ouvrage nombre d'approches originales et cohérentes qui stimuleront, je n'en doute pas, les futurs chefs. Non pas par les recettes proposées, mais par une réflexion centrée sur soi-même : « qui je veux être », la première question.

Michel Yakovleff
Général de corps d'armée (2S)

Table des matières

ACHEVÉ D'IMPRIMER

Ce livre a été achevé d'imprimer pour le compte
des Éditions de l'École de Guerre
par Lightning Source France,
1 avenue Gutenberg 78310 Maurepas.

Préparation, correction : Inès Rubat du Mérac.
Suivi éditorial : Commandant Geoffroy Clain
et lieutenant-colonel Xavier Messager.
Composition et mise en page : Bärbel Müllbacher.

Typographies :
à l'intérieur, Coline Première et *Cursive*, © Émilie Rigaud ;
en couverture, American Typewriter, Archer, Bell et Futura.

ISBN : 978-2-35673-091-6

Éditions de l'École de Guerre
www.ecoledeguerre.paris

Imprimé en France
FRHW010732110621
27435FR00003B/9

9 782356 730916